集英社オレンジ文庫

君と星の話をしよう

降織天文館とオリオン座の少年

相川　真

本書は書き下ろしです。

Contents

イラスト／志村貴子

オリオンは宇宙の鍵を回す

栄田《さかえだ》直哉《なおや》の一番最初の記憶は、二歳半の冬。目の前でちろちろと輝く赤い光だった。

母さんは台所で大好きな甘い卵焼きと、赤いウインナーを焼いてくれていた。

その赤い光が熱くて危ないものだということはわかっていた。

でもなんでも触って確かめてみたい年頃だった、といえばそれまでだ。

「――ナオ！」

母さんの叫び声に、慌てて手を引っ込めて振り返ろうとして、足が滑《すべ》った。

直哉の小さな身体《からだ》は、その石油ストーブに向かって倒れこんだ。熱せられた鋼鉄の鋲《びょう》が顔にぶつかる。

ジィ、という音が耳の奥で響いた。皮膚が焼けた音だった。

いたい、あついー―あつい！

母さんの叫び声と、顔半分の焼ける痛さ。遠くから聞こえてくる救急車の音。ぐちゃぐちゃに泣きわめく自分の声がずっと遠くの方で聞こえる。

直哉の顔には火傷《やけど》の痕《あと》が残った。

額《ひたい》から右目の上にかけて、ストーブの鋲の痕が斜めに三つと、その周辺に残るひきつれた火傷。

直哉は痕が残るとわかった時の一生懸命自分を抱きしめた母親の腕を覚えている。

「──わたしのせいだわ。わたしがこの子の人生をだめにしたの……！」

それは呪《のろ》いの言葉だった。

※

強い寒気が緩《ゆる》み、春の気配が濃くなる三月の中旬。厚い雲さえなければ、夕日が見えていたであろう頃合いだ。

十七歳の直哉は洗いざらしたジーンズのポケットから、スマートフォンを抜こうかどうか迷っていた。

暗い路地裏の奥で、数人の人影がうごめいている。

「──イヤイヤ、財布持ってねェとかウソっしょ！」

「ほらァー、ウソついてゴメンなさいって言わなきゃァ」

ぎゃははは、とはじける笑い声が耳障りだ。

「本当に持ってないんです……あの、すみません」

幾分弱々しい響きが間に混ざって聞こえた。

「そんなキレイな顔してんだったらいくらでも稼げンだろ。いたいけな高校生に恵んでくれって」

「──あのさ、警察呼んだんだけど」

直哉の声に、路地裏の面々がばっとこちらを見た。しばらく眉をひそめて、それから思い当たったのか目を見開く。

「お前、青高《あお》の栄田か……マジかよその傷」

「誰？　青高ってすげえ頭イイとこじゃん」

「知らねェの？　青高の栄田直哉。あの顔の傷、中学ン時に根性焼きされたんだってよ。でもマジで喧嘩《けんか》強くて、十人だかぶん殴って生き残ったって……」

「マジかよ！　なな、なに、分け前が欲しいのかよ」

「だから警察呼んだんだって」

ジーンズのポケットからスマートフォンを取り出して見せると、高校生たちは途端にさっと顔を青く染めた。

──なあどうする、ヤバイんじゃねえの？　──親に連絡されたら……。──おれ明日テストだし。──なんで栄田が警察？　──もしかしてここあいつの縄張りか？　──もういいや、逃げようぜ──……。

こちらをうかがいながら足早に去っていく。

こんな顔でも存外に役に立つものだ。右目の上に触れた指先に、ざらりと慣れた感触が伝わる。

ひきつれた皮膚、ぽつ、ぽつと硬い感触が三つ。

二歳半の時に負った火傷の痕は、成長と共にわずかに薄くなったものの、今でも顔の右上に鎮座している。

小学生のころにはずいぶんいじめられたものだが、それも直哉が成長期を迎えるまでだった。終わってみれば伸びに伸びて百八十センチ。つり目がちなことも相まって、中学を出るころには直哉を『いじめ』ようという人間はいなくなった。

代わりに蔓延《まんえん》した噂《うわさ》の数々を、いちいち全部は覚えていない。

曰《いわ》く、この地域一帯をしめている。喧嘩では負けなし。本職から声がかかっている。今まで人を三人殺したことがあるらしい——。

直哉は軽く嘆息してスマートフォンをポケットに突っ込むと、路地の壁にへたり込んでいる細身の男を見下ろした。

「立てる？　警察呼んだとか嘘《うそ》だから。早く帰った方がいいと思うけど」

「……大丈夫です、ありがとうございます」

戸惑いを含んだ柔らかな声音《こわね》だった。

「そう。じゃあおれ行くから」

うつむいた男が顔を上げる前に背を向けた。この顔を見て、カツアゲの再来だと思われてはかなわない。

「待ってください、お礼！」

腕をつかまれて反射で振り返った。

やや見下ろしたところにあちこち跳ねる黒のくせ毛がある。細身の身体に洗いざらした白いシャツとジーンズ。

「面倒だ」とか「放せ」だとか、用意していた言葉は、そいつが顔を上げたその瞬間に、喉《のど》の奥で凍りついた。

——こんなの本当にいるもんなのか……。

雑誌をめくってもテレビをつけても、ここまでの顔はなかなかお目にかかれない。いっそ恐ろしいくらい、現実離れした容姿だった。

顔立ち自体は東洋的だが、肌が抜けるように白く彫りが深い。通った鼻筋、長く濃いまつ毛で縁取られたやや切れ長の目は、少し端がたれている分、威圧《いあつ》感はない。年頃は直哉と同じぐらいだろう、高校生か多く見積もっても大学生。

「あの、何か……？」

何がうれしいのかにこにこと笑みを浮かべたそのひとが、己の顔を凝視している。居たたまれなくなって目をそらした。

男が見ているのは間違いなく、額から右目の上にかけて広がる火傷の傷痕だ。

こんな美形の顔が嫌悪に歪《ゆが》むのはさすがにいやだな。どこか他人事のようにそう思った。

男の薄い唇が、笑みの形のまま言った。

──それはこの先何度も思い出す、この男との一番最初の強烈な思い出だ。

「──君の顔にはオリオンがいるんですね」

頬《ほお》を張られたような衝撃だった。

はたから見ていたら、ずいぶん間抜けな顔をしていたに違いない。

目をそらさない。理由も聞かない。かわいそうだとその目が語ったりもしない。

この傷を見てそんなうれしそうに笑った人間に──これまで出会ったことがなかった。

「オリ、オン？」

「はい。この三つの痕なんてオリオン座の三ツ星そのものですよ。左から『アルニタク』『アルニラム』『ミンタカ』。すべて二等星です。それから一等星が二つ。左上の『ベテルギウス』、右下の『リゲル』。三ツ星の下が丁度瞳ですから、君の瞳は『M四十二星雲《せいうん》』ですね」

「ちょっと待ってくれ。あんたが何言ってるのか、全然わかんないんだけど」

「ですから、左から『アルニタク』――」

「そこじゃないんだ。ええと、とにかくおれの顔に何？　がいるって？」

「オリオンです。オリオン座」

「星座の？」

「はい。春先の今頃であれば、南西の空、八時ごろに見えるはずです。あいにく今日は曇りですが……」

　男は残念そうに暮れかけの空を見上げた。眦《まなじり》が少し下がっているおかげで、憂《うれ》いを含みながらも、蜂蜜《はちみつ》のようなとろりとした甘い笑みになっていた。そうかと思えばすぐにぱっと太陽のように輝く笑顔に変わる。

「よかったらぼくの家に来ませんか？　曇りでも雨でも、いつでもオリオン座が見られますから」

　その時、直哉がその男の誘いに乗ったのは、ほんの気まぐれだった。理由なんて自分でもたいして覚えていない。

ぶらぶらと街をさまよっているよりいくらかマシだろう。街も学校も、とにかく息苦しかった。

家はなおさらだ。帰りたくない。家には、母親がいる。

また母さんのあの顔を見るのはいやだ——。

「……そのオリオンっての、説明してくれんの？」

「もちろんです。オリオン座の神話にM四十二星雲の美しさ、HⅡ《エイチツー》領域の神秘からベテルギウスの超新星爆発の予想まで余すところなくすべて説明しますよ」

「……そう。じゃあ、お願いするわ」

直哉は鼻で笑って男のあとを追った。その諦《あきら》めにも似た声音に気づいたのか否《いな》か、男がちらりとこちらをうかがった。

退屈くらいはしのげそうだ。どうせほかにやることもない。

——もし無理やり理由をつけるなら、この顔を見てあんな風に笑ってくれた理由が知りたかった。

※

東京都、武蔵野市《むさしの》と三鷹市《みたか》の間にある井《い》の頭恩賜公園《かしらおんし》のすぐ傍《そば》に、その小さな看板はあった。木製、ペンキで手書きの看板は歩道に半分ほどはみ出している。

『降織《ふるおり》私立天文館』

開館時間は十九時からで、閉館時間は書いていない。

「あんた、天文館のバイトか何か？」

「ぼくが館長です」

「その歳《とし》で？　何歳？　おれと同じぐらい？」

「ぼくは二十八歳です」

「……見えねえ……」

屈託なくにこにこ笑っていることを差し引いたって、年相応とは言いがたい。ここまで気安く話し始めてしまった手前、今更敬語に直せそうになかった。

「じゃあ降織さん……であってる？」

「蒼史《そうし》です。降織蒼史。できれば名前で呼んでください」

初対面にしては珍しい申し出だ。警戒心が薄いのか、人懐こいのか。それとも近くに同じ苗字の親戚《しんせき》が住んでいるとか、そういうことかもしれない。

ぽつぽつとあたりさわりのない話をしながら門をくぐると、その先は左右に木が茂った細い小道になっていった。

視界が開けて、直哉は啞然《あぜん》と立ち止まった。

小道を抜けた先の正面の三階建ての洋館は、玄関を中央にして、左右対称に広がっている。手前には広い芝生の庭があり、その左には、細いレンガ塔が建っている。全体的に東京都内らしからぬ雰囲気だが、レンガ塔の上に不自然にのっている灰色のドームだけが、妙な現実感を醸《かも》し出していた。

隣で蒼史が苦笑した。よほどぽかんと口を開けていたのだろう。

「昔の貴族の邸《やしき》みたいでしょう？　天文館が主体ですが、自宅も兼用です」

「どこらへんが自宅なの？」

「洋館の三階です。ぼくと家族の二人暮らし。一階は展示室で、二階は資料書庫兼書斎とプラネタリウム。レンガの塔が観測塔になっていて、可動式ドーム、口径四十センチの大型反射式天体望遠鏡備え付けです」

「……それってすごいの？」

「ええ、とても！」

どうですかすごいでしょう、と言わんばかりに胸を張られても、ちっともピンとこない。

「今日は曇りですから望遠鏡の出番はありませんが、プラネタリウムならお見せできます」

開け放された洋館の入り口には、『観測塔にいます』というプレートと、小さなぶたの貯金箱が置いてあった。〝入館料四百円いただきます〟と書かれている。

「今日はいりません、お礼ですから」

ジーンズのポケットから財布を引っ張り出した直哉を制して、蒼史が邸の中へ促《うなが》した。

洋館の中は小さな城と言ってもよかった。

玄関ホールはちょっとしたダンスパーティーが開けそうなほどの広さで、二階の天井まで吹き抜けになっている。見上げると二階の壁に沿うように回廊がぐるりと一周巡っていて、そこから左右に廊下が続いているようだった。

これでホールの正面に肖像画でもあれば完璧だし、その顔面がこの男だったらなおさらだ。

「もともと先代が、古い西洋館を買い取って改装したのです。あまり天文館らしくないと言われますが、一階の部屋の中には展示品があります」

慌てて付け加えてきたところをみると、何度か同じようなことを言われたに違いない。

一階のホールから左右に続く廊下には、開け放しの扉が右と左に二つずつ。中をのぞいてみると、部屋に設置されたガラスケースの中には、標本や模型が並べられていた。壁には写真や説明書きが丁寧に取り付けられていて、そこだけ見れば確かに科学館のようだ。

展示に惹《ひ》かれて廊下を進もうとすると、すかさず蒼史に呼び止められた。

「ここはあとでいいですから。上に行きましょう。早く」

そわそわと急《せ》いているように見える。一階も気になるんだけどな。そう言う前に腕を引かれて階段を半ば駆け上がった。

二階の回廊から左に続く廊下は、進むとすぐに扉に突き当たった。開いた先の奇妙な部屋を見て、直哉は眉をひそめた。

——なんだ、この部屋。

邸の二階の左半分を、一つの部屋にしたのだろう。学校の教室ほどの広さの部屋は、極端に天井が低い。身長百八十センチの直哉は手を伸ばせば触れてしまえそうだ。

開け放たれた窓から、厚い雲のかかった夕暮れ時の、ほの暗い光が忍び込んでいた。

「ああ、これ途中からドームになってんのか」

部屋の半ばから、天井がえぐられたように半球を描いている。半球の下に円を描くように二十個ほどの椅子《いす》が並べられていた。

「プラネタリウムを投影するための部屋ですから。これを『天球』と呼びます。ここが空の代わりなんです」

蒼史は、窓を端から順に閉めていった。黒い遮光《しゃこう》カーテンを二重に引いて回る。じわりと滲《にじ》むような暗さが訪れた。

物珍しい部屋に好奇心がうずいた。天球の真ん中にある大きな機械も気になる。

不格好で巨大な鉄アレイに似たそれを眺めていると、視界の端を黒い塊《かたまり》が横切った。

毛の短い黒猫だ。

「なんだ、お前ここの飼い猫か？」

立ち止まったそいつは、いっそ清々《すがすが》しいほどにふてぶてしかった。金色の瞳が睥睨《へいげい》するように細められる。口の端が持ち上がり小さな牙が見えて、直哉は伸ばしかけた手を引っ込めた。おっかない猫だ。蒼史が笑った。

「その子は、なかなか懐きませんよ」

黒猫の耳がぴくっと動いた。

「コルヴス、どこ！」

甲高《かんだか》い少女の声が扉を割って飛び込んでくる。

薄いピンク色の部屋着で、肩からタオルをひっかけている。風呂上がりなのだろう、黒く長い髪がしっとりと濡《ぬ》れていた。

カーテンを閉めていた蒼史が、びく、と肩を跳ね上げたのを視界の端でとらえた。

「あっ、蒼史くん。今日コルヴスにごはんあげてないでしょ。蒼史くん探してにゃーにゃー鳴いてたんだよ」

「ああっ、忘れていました！」

蒼史は、ほんの胸の高さまでしかない少女の一言ひとことに、いちいちびくびくと肩を震わせていた。

この家の子だろうか。

ほかに誰か――いや、このひとはたしか「家族と二人暮らし」と言っていたはずだ。蒼史とこの子の二人。このひとの子どもだろうか。二十八歳という蒼史の年齢にしては大きいけれど、不可能ではない。それか妹かもしれない。だとしたら両親は……？

直哉が戸惑っている間にも、腰に手を当てた少女のお説教は続く。

「蒼史くん忘れたの？　降織家のお約束は？」

「……二、ごはんは一緒に食べます。三、どんなに晴れても、週に三回は観測塔じゃなくてベッドで寝ます。四、コルヴスの世話はちゃんとします……」

「約束をまもれない人は？」

「……ら、来週のお小遣いが、半分になります……」

最後は声が震えていた。あんたお小遣い制なのか、その歳で。

「それで、ごはん食べたあとでどこに行ってたの？　わたし探したんだよ？」

「駅前まで本を買いに行っていました。だけどお財布を持っていくのを忘れてしまって。あと、カツアゲの方たちに出会いましたよ、珍しいです」

珍獣に出会ったかのように顔を輝かせている蒼史を見ていると、助けたことを後悔しそうだ。薄々気づいてはいたけれど、容姿もそうなら頭の中も、相当浮世離れしているのではないか。

「大丈夫だったの？　けがは⁉」

「していませんよ。彼が助けてくれましたから。お客さんですよ、桜月《さつき》ちゃん」

大きな黒い瞳が自分をとらえた。百八十センチの直哉からしてみれば、傍に寄られると、ほぼ真下に見下ろす形になる。咄嗟《とっさ》に目をそらした。

小さな女の子に、この傷と目つきはだめだ。自分で言うのも癪《しゃく》にさわるが、「カツアゲの方たち」側に見えるのは、これまでの経験からわかっている。

「蒼史くんの妹の、降織桜月です。兄を助けてくれてありがとうございました。ごゆっくりしていってください」

ぺこり、と音がつきそうな勢いでお辞儀をされて、こちらの方が戸惑った。

蒼史の妹というが、この子が姉かと思うほどに、実にしっかりしている。直哉の傷に一度も触れない気遣いも、子どもらしくない。

「栄田直哉です。降……蒼史さんが今日、オリオン座を見せてくれるって言うからついてきた」

「桜月ちゃんほら、見てください。栄田くんの顔にはオリオン座がいますよ」

あんたは少しぐらい気遣ってくれてもいいんじゃないのか。直哉があきれていると、桜月が申し訳なさそうに眉を下げた。

「あの、すみません。お気にさわったら……蒼史くんは別に悪気があったとかそういうのではないんです」

「うん。ありがとうな」

難しい言い回しに舌が慣れていないのだろう。多少嚙《か》みながら、四苦八苦弁明する桜月に笑ってやった。

このひとの、そういう、いっそ屈託のないところに惹かれてついてきたのだ。

だけどやはり疑ってもいた。

どういうつもりでこの傷を見たんだろう。

あげつらうつもりか、面白がるつもりか、同情か、揶揄《からか》いか。

「これからプラネタリウムをやるの？」

「栄田くんに見せてあげたいのです」

「じゃあコルヴスは置いていくね。わたし、上に行ってるから」

「一緒に見ないのか？　せっかくだし」

桜月が遠慮がちに首を振った。

「蒼史くんのお仕事の時間だもの。邪魔しちゃだめ。わたしも宿題があるから」

ほんの少しうらやましそうに天球を見上げて、桜月は唇を結んだ。そんな顔をするぐらいならここにいればいいのに。

なんと言って呼び止めたものか。迷っているうちに、桜月はぺこりとお辞儀をして出て行ってしまった。

「……妹、何歳？　小学生だよな」

「十歳です。――しっかりした子なんです」

「あの子一人で大丈夫？　おれ帰ろうか？」

「大丈夫だと思いますよ」

蒼史は感情を裏側に隠せない人間だということは、薄々見当がついていた。

蒼史の今のその顔ははっきりと物語っていた。困ったようにうすく笑った口元、肩をすくめて眉を少し寄せる。

〝ぼくにだってわからないのです――……〟

「……そっか、まあ、その、色々あるよな」

結局、何の解決にもならない無難な一言を吐き出すだけで精一杯だった。

※

プラネタリウムの投影機だというその機械は、片方の球が肥大《ひだい》したいびつな鉄アレイに見えた。

投影機の台、鉄アレイの下にボロボロの毛布が畳んで置いてある。特等席なのだろう、コルヴスがそこへ丸まったのを見て、蒼史が小さな銀色の鍵を機械に押し込んだ。ひねると機械の回る鈍い音がする。

撮影機の豆球を消すと、身体を覆《おお》い隠すような闇が訪れた。投影機の位置を示す米粒ほどの赤い光が、この闇の中心のような気がした。

がちり、とまた鍵が回る音がした。

「空を見てください」

月のない夜は互いの顔も見えないほどの深淵《しんえん》の闇だった。少しの息遣いだけで蒼史がうれしそうに微笑《ほほえ》んだのがわかった。

目が慣れるにつれて、天球に無数に星が散っているのが見え始めた。それは、鉄アレイから吐き出された光の星々だ。

「南西の低い位置に見えるこの三つの星がわかりますか？」

斜めに並んだ三つの星とその周辺に、白い線が走った。いびつな台形を二つ組み合わせて、手を付けた形。

「これがオリオン座です」

……ああ、確かに。

これはおれの顔にいるやつだ。三つ並んだあの並びは毎朝鏡で見る。

ひとの顔に突然降り立って、人生をめちゃくちゃにしやがったやつ。

「この三ツ星は丁度腰の部分にあることから、オリオンのベルト、と呼ばれます。左から『アルニタク』『アルニラム』『ミンタカ』という名前がついていて、東京の空でも簡単に見つけることができるんです」

蒼史の操作する赤いレーザーポインターが、オリオン座の三ツ星をぐるりと囲んだ。

「そして左上の『ベテルギウス』と右下の『リゲル』。両方とも一等星で、全天二十一星に数えられるとても美しい星です。三ツ星の下には、全天で最も有名なメシエ天体の一つ、『M四十二星雲』が見えます」

「ベルトの下の、もやっとしたやつ？」

「そうです。メシエ天体については実際望遠鏡で見た方が美しさがわかると思いますから、今日はおいておきます。ところで、オリオンの神話をご存じですか？」

首を横に振る。

「ぼくらが知っている有名なものは、ギリシャの神話で、オリオンもギリシャの英雄なんです」

さて——、そう言って蒼史は話し始めた。

柔らかな声が耳に心地いい。

蒼史の声を聞いていると、冬の暖かな布団の中が思い浮かぶ。いつかの記憶なのだろう——ずっと幼いころに、「むかしむかし……」と父や母が絵本を読んでくれた、そんな声の柔らかさなのだ。

「ギリシャの英雄オリオンは、狩りと月の女神アルテミスと恋仲でした。オリオンは非常に壮健な若者で、狩りや戦いにとても秀でていました。

けれどアルテミスの兄アポロンは、妹かわいさのあまりオリオンを憎く思います。

海に入ったオリオンの頭を指して、アポロンは妹アルテミスにこう告げました。

『あの海に浮かぶ岩を打ち抜いてごらん』

アルテミスは自慢の弓で岩を打ち抜きましたが、それはオリオンの頭でした。悲しんだアルテミスはオリオンを星座として空に上げます。

そして、月である自分といつも逢瀬《おうせ》がかなうようにしたと言われています。

冬の夜には、月がオリオン座の傍を通ります。古代ギリシャの人たちがこれを見て、アルテミスとオリオンの逢瀬だと思ったんですね」

——直哉は、胸をぐっと押し上げるものに戸惑いを覚えていた。

何千年も前の古代の人間と、同じものを今見ている。

美しい星を結び、名前を付け、神話を与えて語り継いだ。その先が今ここにある。

ざわりと肌が粟立った。

無意識に空のオリオンに語りかける。自分の顔にいるそれと、同じもの。

お前、もしかしたら結構すごいやつなのか？

「……ずっと昔の人と同じものを見てるって思うと、単純にすげえって思うな」

「そうでしょう！　星を好きになりましたか？　いいでしょう、星というものは美しいでしょう？」

「うー……ん、嫌いじゃないとは思うけど」

好きか、と聞かれるとよくわからない。

胸の奥をぐるぐるとかき混ぜられているような心持ちで、なんだか気が逸《はや》って落ち着かない。手が何かをつかみたがって何度も握りしめるのに、そこに何もないのがもどかしかった。

いっそ苦しいほどのこの感覚を、直哉は知らない。

直哉の内心の混乱もよそに、蒼史の声が天球に響いた。

「栄田くんが星を好きになってくれるならとてもうれしいです。これはきっと運命ですよ」

「サムい言葉使うなよ。何、運命って」

「だって君はオリオンを持っているじゃないですか。君がここで空のオリオンに出会ったのは、きっと何かの運命というものです。君はここで、星を好きになる運命なのだと、ぼくはそう思います」

──本気だというのはすぐにわかった。

声からも顔からも感情が滲み出る。このひとは、嘘をつかないひとだ。

柔らかで甘い声音で紡《つむ》がれる本気の言葉は、人が心に巻きつけた意地をたやすくほどいてしまう。軽々と、内側の柔らかな部分に触れるのだ。

直哉がたかだか十何年の短い経験の中でなんとか纏《まと》った、プライドも見栄《みえ》も何の意味もなかった。

自分の掌《てのひら》さえおぼつかない暗闇の中で、直哉はひっそりと笑った。すすり泣くような声に聞こえたかもしれない。

「だったら、それはずいぶんひどい運命ってやつだよ」

闇の向こうで、息をのむ気配がした。

「おれ、あんたが言うこの『オリオン』でいい思いしたことないからさ。こいつはおれの人生を邪魔してばっかりで。学校も家も、おれの居場所はこいつが全部奪っていくんだ」

直哉の顔のオリオンは、この冬直哉から全部を奪っていった。

唇が震えた。この先を口にするかどうか身体が迷っている。何度か噛みしめたのは、弱音なんて吐くものかという十七歳の精一杯の矜持《きようじ》だった。

でももうだめだった。

息が苦しい。

顔も見えない全天の闇と蒼史の裏表のない声の心地よさに、揺さぶられる。

「おれ、今どこにも、行くところも帰るところも、ない気がする」

胸からこらえきれないものがせりあがってくる。吐き出してしまうと目頭が熱くなる。

奥歯を噛んで耐えきった。

涙だけは絶対に嫌だ。この顔のオリオンに負けた気がする。

それだけは嫌だった。

「……ごめん、忘れてくれ。おれがすげえサムいこと言った」

「――それならやっぱり、ぼくは、君に星を好きになってほしいのです」

染みわたるようなその声が、直哉の視線を夜空へ引っ張り上げていく。

「見上げれば知っている星があり、星座を結び、過去の物語とその先の宇宙の理《ことわり》に思いをはせるのです。そうすれば夜の空の下は全部、君のものになりますよ。宇宙丸ごとが君の居場所です」

――どうです、素敵でしょう？

望遠鏡を自慢するのと同じように、闇の中で蒼史が胸を張っているのが想像できた。

唖然とした。

宇宙全部をくれる気なのか、このひと。

地上も地球も小さい。見上げればずっと大きく広く、最も美しいものが広がっているというのに。蒼史の声音は何より雄弁だった。

なんだかとても可笑《おか》しくなった。

「……なにそれ、すげえ欲張り」

ははは、と気の抜けた笑い声が喉からこぼれ落ちた。

「簡単なことではありませんよ。星を好きになるというのは、知識と想像力が必要です。例えば、結んだ星々から古代の人が考えた姿をきちんと想像しなくてはいけません。星が光り輝く理由を知らなくてはいけません」

ゆっくり紡がれる言葉は、胸の内を期待で満たす。

もしかして、おれにも手に入るのだろうか。

「……いいな、おれも欲しい」

意図せずに、こぼれ落ちた。

かちりと音がして、橙色《だいだい》の豆球が灯《とも》る。その光を頼りに、蒼史が壁際まで歩いて電燈をつけた。コルヴスが首を持ち上げて、まぶしいと言わんばかりににゃあ、と鳴く。

「星を好きではないものに、空は応《こた》えてくれません」

蒼史が投影機から銀色の小さな鍵を引き抜いてこちらによこした。細い棒に細かなギザギザが刻まれている。

「これが宇宙の鍵です。もし使うことができたら、君は空の下すべてを手に入れることができますよ」

蒼史はコルヴスを抱き上げて、椅子に腰を下ろしてしまった。

面白そうに笑っている。試されているのだと思った。

「宇宙の鍵って、あんたいちいち大げさだよな。プラネタリウムの電源キーってことだろ」

鍵穴には白いインクで書き込みがある。時計でいうなら、三時で豆球、六時まで回せば星点灯、九時で天《あま》の川《がわ》。

こんなもの回せば誰でも動かせる。直哉は無造作に鍵を押し込んだ。

——けれど、そう簡単に手を差し伸べてくれるほど、この夜空は甘くはないらしい。

「……くそ、なんでだよ」

鉄アレイはうんともすんとも言わなかった。沈黙したまま星の一つも吐き出さない。

にやにやと笑う蒼史の笑みに、だんだん腹が立ってくる。

冗談のつもりだったのに。

その時直哉は、手に入らない空に本気で焦がれ始めていた。

「壊れてんじゃないのか、これ」

「ぼくは使えていましたよ。古いものなのは間違いありません。先代が天文館を開館した時に、すでに中古で手に入れたと言っていました」

「……先代っていうのは、前の館長さんのことか?」

「はい。三年前に、ぼくにこの天文館を残して亡くなりました」

ぐっと堪えるように唇が引き結ばれる。ああ、と直哉は納得した。もともとの口唇《こうしん》が上がり気味なのだ、哀《かな》しくても苦しくとも唇を結ぶ瞬間に笑ってみえる。

例えばこのひとが本当につらくて誰かに縋《すが》りたいと思った時に、その誰かは気づくことができるのだろうか。この柔らかな笑みの——笑みのように見える唇に騙《だま》されてしまう気がする。詮無《せんな》いことがふと頭をかすめた。

「それで、これどうやったらつくの？」

「星を学べばおのずと」

嘘だ、と眉をひそめると、蒼史が手から鍵を取り上げた。腕から跳びだしたコルヴスが台の上に飛び乗る。その目がこちらをとらえてにゃあ、と鳴いた。くそ、こいつにまで馬《ば》鹿《か》にされている気分だ。

かちり。ヴヴヴ、と細かな振動は、投影機が動き出した証《あかし》だ。

「……マジかよ」

こうなると、がぜん悔しくなってくる。

「好きなだけ試していいですよ」

——それからしばらく四苦八苦して、直哉はとうとうもろ手を挙げた。降参だ。鍵をどう回そうとしてもあちこち叩いてみても、鉄アレイはちっとも、直哉に心を開いてくれなかったのだ。

「今日はもう遅いですし、明日もう一度試してみますか？」

終電の時間が迫っている。

「どうせなら天体観測をしましょう。明日は晴れます。本物の空でオリオン座を探しましょう。プラネタリウムとはまた違う……きっとオリオンを好きになります。そうすれば、鍵はちゃんと回りますよ」

両手が温かい掌に包まれる。痛いほど力が込められていて直哉は思わずうなずいていた。

その誘いにわずか、心が躍《おど》ったことはまだ認めたくない。

――いや、だって、このまま馬鹿にされっぱなしは悔しいもんな。

時間つぶしのようなものだ。飽きたらやめればいい。

胸の内で言い訳をいくつかつぶやいておく。

出会ったばかりの男に自分の心を――救われるなんて、十七歳の男の自尊心が許せるわけがない。言い訳でごまかして、意地っぱりな心を満足させて。どうせ何も知らないのだからと、目の前のひとをほんの少し貶《おとし》めたりもする。

本当はもうわかっているのだ。

この顔の痕も直哉が何を背負っているかも、全部知ってもきっとこう言うに違いない。

――それなら、君が星を好きになってくれたらうれしい。

夜空を手に入れる準備は、もうすでに整っている。

あとは自分がうなずくだけだ。

ただそれにはまだ少し時間が必要で、その年相応の繊細な――高めのプライドが絡んだ機微《きび》に気づいているのかいないのか、時間を空けた蒼史の距離感は絶妙だった。

「では明日、午後七時半ごろにお待ちしています。お家《うち》の人がいいというなら、夜通し観測しましょう。湿度も低く気温も上がらないみたいですから、空気が澄んで観測にはもってこいの日になるはずです」

「オリオン座探すのってそんなに時間かかるの？」

「いえ。ですが他にもスピカやデネボラが観測できますし、メシエ天体もご紹介します。それと木星はぜひ押さえておきたいところですし。

ああ、ほら、かんむり座なんかはデートの際に『君の髪に飾ったらきれいだろう、星のティアラだよ』などと言えば、女性にモテる星座ですから、覚えておいて損はないですよ」

「余計なお世話だよ。あんたデートの時に『星のティアラだよ』とか言うのか」

運命と言ってみたり、星のティアラや宇宙の鍵と言ってみたり、言葉の選び方がいちいち大仰なのだ。あんたが言うならきっと許されるだろうが、こちらは一介の十七歳である。照れる以前の問題だ。

「――……君に、星を好きになってもらいたいんです」

とろける蜂蜜の笑みと麗《うるわ》しいこの顔に、男であれ女であれ、きっぱり否やと言えるものがいるなら教えてほしいものだ。

直哉は一つ嘆息を挟んだ。

「鍵、このままじゃ悔しいから。絶対何か仕掛けがあるんだろ。見つけてやる」

それにどうやら、おれも知りたいみたいなんだ。

おれから全部を奪ったオリオンが、おれに何をくれるのか。

おれはお前を好きになれるだろうか。

そしたら、お前のその下が――おれが息をつける居場所になるのかな。

※

――学校にいる時は、たいていいつも息苦しかった。

中学生になって身長が伸びると、頻繁《ひんぱん》に職員室に呼び出されるようになった。

「栄田、お前、昨日校舎裏で煙草《たばこ》吸ってたんだってな」

「駅前でサラリーマン殴ったって本当か？　なんでそんなことをしたんだ」

「商店街で他校生と喧嘩したんだろう」

違います、おれじゃないです、やっていません。

噂は広がって、もう否定するのも面倒だった。

地元から少し離れた私立の進学高校を受験した。母親の勧めだった。一緒に遊ぶ友だちもいなかったから、勉強ばかりしていた直哉は難なく合格した。

高校に入学して二年間は、大人しく過ごしてきたつもりだった。進学校だけあって、友だちでもない人間の噂を弄《もてあそ》ぶほど、周囲が暇でなかったことが幸いした。

友だちは一人もいなかった。

友情なり親愛なり恋愛なり、感情を伴《ともな》う人間関係は嫌だった。直哉にとってそういう人間関係のすべては「その傷どうしたの？」と問われることから始まるからだ。

同情も疑いも「わかっているから」という一方的に押しつけられた許容も、もううんざりで大嫌いだった。

おれもあっちも傷つかない、他人の距離の方がずっとマシだ。

だからやっぱり勉強ばかりしていた。ほかに何もないから手慰《てなぐさ》みみたいなものだ。

サッカー、野球、マンガ、小説、映画、料理、最近はやりのテレビ番組、ＳＮＳと写真、旅行、友だちと遊ぶこと。誰に聞いても返ってくる『好きなもの』の答えを、直哉は持っていなかった。

おれは何が好きなんだろう。何に心が躍るんだろう。

おれには何もない。

全部が等しくつまらない。

――その理由に気がついた時、直哉は思わず笑ってしまった。

つまり、誰かと『楽しい』を共有した経験がないから、『何が好き』かわからないのだ。

直哉はそのころ、確かにつまらない人間だった。

高校二年の二学期末。期末試験の順位が発表された。学年の総合順位は十位。

その日から、忘れかけていた噂が直哉を取り巻いた。

「――栄田くんてさ、中学ンとき人殺したってホント？」

徐々に苛烈《かれつ》さを帯びる噂にクラスの面々は遠巻きになったし、先生にはまた呼び出されることが増えた。

「本当にやっていないよな栄田。大丈夫、先生は信じてるよ。念のための確認だから」

嘘だ。信じられないから呼んだんじゃないか。

「その傷本当に事故なんだよな。いいんだ、先生は栄田の過去なんて気にしないから。だから正直に言ってくれ――先生はお前のこと、わかってるから」

気にしないならどうして聞くんだ。おれは最初から最後まで正直に言ってる。何がわかってるっていうんだ！

――おれのことを、何も知らないくせに！

そしてもうすぐ三学期の期末試験だという一月の末、名前も知らない生徒に呼び止められた。

「栄田くんてカンニングしてるって本当？」

もう何でもありだ。顔に傷があったらカンニングもするように見えるのか。

だったらなんだよ、別に関係ないだろ。ていうかお前誰だよ。顔も知らないやつに、なんでこんなこと言われなくちゃいけない。

「知らねえよ」

そう吐き捨てたら、そいつは肩をびくりと震わせた。そんなにビビるなら声かけてこなきゃいいのに。直哉が無視して階段を下りようとした時だ。

「わァぁあああ！」

「おいっ！」

その生徒は階段から落ちて、咄嗟に伸ばした手は間に合わなかった。

階段の下に集まる生徒や先生の視線が、徐々に直哉に集まっていく。

「――あいつが、やったんだ」

その生徒は小さな声で言って、人差し指で直哉を指した。

どんな言い訳も聞いてもらえなかった。

三月一日。直哉は学校を退学になった。自主退学という形だから別の高校に編入もできる。

それが優しさだと言わんばかりに、元担任が言った。

「お前のことわかってるから――な、反省してやり直せ。お前ならできる、大丈夫だ」

最後にぽんと叩かれた掌が忘れられない。

あんたたちは、おれのことを何もわかってくれなかった。

結局直哉にとって学校は、息苦しいだけの場所だったのだ。

だってそこでは、誰も息の仕方を教えてくれなかった。

※

午後七時。風の強い夜だった。窓枠がかたかたと小さく鳴っている。

直哉はジーンズに足を通して家の階段を下りた。階段の軋《きし》みを聞いて台所の包丁の音が止まった。

「おれ、今日泊まってくるから」

リビングの向こう、台所の母親の背に向けて言う。半分だけ振り返った母親の眉間にしわが寄った。

「ナオ……ごめんね、お母さんのせいで」

「違うよ」

「高校探したの。編入できるところ。すごくいいところなのよ。年頃だから色々あるのは理解できる、ナオの成績なら反省文だけで編入できるからって」

「おれやってないって言ってんだろ！　何が理解だよ！」

しまった。直哉は舌打ちした。

「……高校の話は明日聞くから。今日は泊まるから飯いらねえし」

「……ごめんね」

すすり泣く母親の背に、「うるさい」と吐き捨てるのだけはとどまった。

学校でも家でも、直哉が満足に息ができる場所がない。

ああ、しんどいな。

すごくしんどい。

ぽつぽつと光る星を見上げながら直哉は足早に駅に向かった。一駅で三鷹駅、あの笑ってばかりの男が待っていてくれるはずだ。おれを待っていてくれる。

星を好きになったら、空を見上げるたびにそこが居場所だと思えるだろうか。

直哉はまだ、天上に広がる星々に意味は見いだせない。

早く教えてほしかった。

はやく。

そうじゃないと、今にも窒息《ちっそく》して死にそうだ――。

※

「――いらっしゃい、栄田くん」

蜂蜜のような微笑みに迎えられて、直哉はようやく肩から力が抜けたのを自覚した。

『降織天文館』で自分を迎えてくれたそのひとは、本日のご尊顔もさすが、麗しくていらっしゃる。

案内されて上がるレンガ造りの観測塔の中は、頭上に続く螺旋《らせん》階段になっていた。上り切った先の扉を開けると、灰色のドームが覆いかぶさる、八畳ほどの狭い部屋になっていた。

「誰かと観測なんて久しぶりでとてもうれしいです」

「お客さん、多いようには見えないもんな」

「夜通し観測に付き合ってくれる方はなかなかいませんから。ぼくはとても張り切っています」

白い頬が薄い薔薇《ばら》色に紅潮して、甘い瞳が輝いている。何だか目に毒な気もして、思わずそらした。

「夜通しって……おれ、鍵の仕掛けを探しに来たんだけど」

「オリオン座は早く見ないと沈んでしまいます。そんなのあとにしましょう」

自分が煽《あお》ってのせたくせに、のんきなものである。

部屋の中の小さなテーブルに、ポットとマグカップが二つ置かれていた。それから、初心者向けの簡単な星座解説の本が何冊か。壁際には人が埋まりそうな大きいクッションが二つ、窮屈《きゅうくつ》そうに投げ出されていた。

全部、直哉のために用意してくれたのだ。

直哉が星を知るために。星を好きになって、夜空の下を手に入れるために。

ああ、くそ、だめだ。……うれしいな。

むず、とつりあがりそうになる唇を苦労して引き結んだ。

同情なら幾度となく経験した。それがいやで、誰とも距離をとったんじゃないか。

どうせ、かわいそうだから優しくしてあげる。そういうつもりなんだ。

このひとは違う。

いや、違わない。いつもと同じだ。

――今までと違うのは、もうわかっているはずだろう、おれの馬鹿やろう。

「これがうちの望遠鏡です」

軽く頭を振って、直哉はドームの中央の巨大な灰色の筒を見上げた。

見た目もサイズも小ぶりなドラム缶に近い。下向きのこちらには細かな機械類が取りつけられ、傍の机にごちゃごちゃと置かれたパソコンやモニターにつながっていた。ドームは南天に向かって全体の五分の一ほどが開いている。

わずかに春の匂いのする風が染み入っていた。

「今オリオンを追いますから、待っていてください！」

蒼史の語尾が弾んで、そのつま先が床にわだかまっていたコード類をあっという間に蹴《け》散《ち》らした。望遠鏡に――文字通り跳びついたように見えた。

背をかがめてドラム缶の下に入り込むと、小さなレンズをのぞき上げながら手元のリモコンを操作する。その時に、傍の机の上に無造作に積んであったCD-Rやメモ用紙の類《たぐい》が、ガシャガシャという音を立てて容赦なく床に散らばった。

「おい……」

唖然としながら、一瞬で惨状というまでに散らかった床を、何となしに片づける。

「このコードどうすんの？　紙は？」

「そこらに置いといてください。待っている間にコーヒー入れてくれるとうれしいです、そこ、あるんで」

最後はつぶやくほどの声だった。

ああ、このひと今こっちのことを全部忘れている。たぶん空しか見えていない。

一瞬にして置いてきぼり気分を味わった直哉は、ほかにやることもないので、インスタントコーヒーを適当にカップに放り込んだ。ポットからお湯を注ぐ。何だか腑《ふ》に落ちない。

「蒼史さん、ミルクと砂糖は？」

「そんなのいいですから、何ぼんやりコーヒー作ってるんですか、そんな暇があったら星を……あっ、ほら、入った！　今！　今です！」

「あんたがコーヒーって言ったんだからな！」

作りかけのコーヒーを放り出して、蒼史に促されるままレンズをのぞく。

——鳥だ、と思った。

赤から白へ穏やかに色が変わる、両翼を広げた鳥がレンズの中にぽかりと浮かんでいた。

「M四十二星雲。通称オリオン大星雲です。星になる前のガスや塵《ちり》が集まって、ほかの星の光を受けて光っているのです。——さあ次に行きますね」

鳥の美しさに、息をつく暇もなかった。

腕をつかまれて望遠鏡から引きはがされる。勢いあまって壁にごつりと顔からぶつかった。混乱のまま顔を上げると、すでにレンズの下には蒼史が陣取っていた。

このひと、こと天文学になると性格が変わるのか。

自分が呼び込んだ客のことなんて、なんだったらほとんど忘れているんじゃないか……？

おいおいちょっと待てよ。

「やはり美しいですね。肉眼や双眼鏡で見るのと望遠鏡とでは、色が違って見えるところもいいです。オリオンにはあともう一つ星雲があって、ああほら、これです。どうしてあんなに色が変わるのでしょうか、自身で輝く恒星《こうせい》とはまた違う独特の美しさが——」

蒼史はとうに、望遠鏡の下を直哉に譲ることを忘れている。

なにがほら、これです、だ。結局あんたが一番楽しそうじゃないか。

悔しくなって、直哉は蒼史を押しのけてレンズの下にもぐった。見上げて星を堪能していると、あっという間に腕を引かれて壁にぶつけられるか、床に転がされる。

おれだってもっと見たいのに！

叫ぶように、最後には拝み倒して望遠鏡に取りついた。

リゲル、ベテルギウス、ベルトの三ツ星、M四十二星雲——一通り巡って、望遠鏡争奪戦に疲れ果てた直哉が、クッションに背を預け始めたころ。

蒼史がおもむろに別のリモコンを手に取った。

「そのまま上を向いていてくださいね」

ゴッ、と鈍い音がして身体がクッションの上で一瞬飛び跳ねた。

今まで、ほんの少ししか開いていなかったドームが、ゴリゴリと音を立てて開いていく。

途端に吹き込んできた外の風に、わずかに春の匂いがした。

南側ちょうど半分、南天の全部が開いた先に——それはいた。

「東京の空ですから細かい星は見えません。だから余計にオリオンが際立つんです」

——ああ、わかる。

昨日までは見上げもしなかった空に、今見たばかりの星が光っているのがわかる。

蒼史に案内されなくとも、直哉の目はオリオンの三ツ星をとらえていた。

午後八時十五分。南西に沈みかけた英雄の星座だ。

「美しいでしょう?」

蒼史のその言葉を聞きながら、自分の右目の上を触っていたと思う。指先に触れる三つのひきつれた火傷の痕。

確かにきれいだよ、お前。こんな明るい都会の空でも堂々としている。

「あの望遠鏡の中の星と、おんなじもの見てるんだな……きれいだよな」

「そうでしょう、美しいでしょう!」

蜂蜜、太陽ときて、例えるなら冬が明けた春の陽《ひ》のような、いろんなものをゆっくりと起こしていく、そんな温かな笑みだ。

「星の美しさについて語る時間はいくらでもあります。なにせ一日の半分は夜ですからね!」

自信満々に胸を張る蒼史を見て、直哉はこらえきれずに肩を震わせた。喉の奥で笑いがはじけた。

わかった、わかったよ。

このひとは別に、おれをどうにかすくいあげようとか、かわいそうだからわかってあげようとか、そんなことはかけらも考えちゃいないんだ。

ただ自分が好きでたまらないものを、おれに教えただけだ。

こんなに美しくきれいなものがあるんだと——どうですか素晴らしいでしょう!

さあ、よろしければここを居場所にするといい。

そうすれば、ぼくともっと星の話ができるでしょう?

もう降参だ、参った。

疑っていたおれもさっさと諦めた方がいい。最初っから裏も表も何もないんだ。

このひとはただ、星が好きなだけだ。

それだけなんだ。

「——蒼史さん、おれわかった。おれも星が好きだと思うよ。きれいだと思う。今、やっとそう思った」

その時の蒼史の顔を、直哉は一生忘れないと思う。

何にも言い表せないけれど、宇宙中の星を掛け合わせても足りないぐらいの輝きだったと、それだけ言っておく。

そこから——直哉は「なんで」「どうして」を幼い子どものように繰り返し続けた。

星の名前を一つ知っていくたびに、窒息しそうだった呼吸がすっと楽になる。疑問を見つけるたびに、心臓が躍り上がる気がした。

蒼史の柔らかな声が、難しい理屈と聞いたことのない数式を並べ立てる。大半が理解できなかったけれど、あれがわからない、これがわからないと言うと、蒼史はうれしそうに笑いながら説明してくれた。

親切丁寧に手を引いて導いてくれるひとではない。

だけどその先で待っていてくれる。

星空の下で両手を広げて、ほら、ここまで来てみてください。

どうぞ、あなたが歩くその速さで——ゆっくりと。

久しぶりに、息をした気さえする。

指先までがじん、と熱かった。

※

腹が減ったとこぼしたのは直哉だった。

時間は夜十一時を過ぎたころ。夕飯を食べていないから、からっぽのお腹《なか》が音を立てて訴え始めたのだ。

「夜食ぐらいならごちそうしますよ。チャーハンとか、ラーメンとか、そういうものでよければ」

「いいのか、ありがとう」

――と、あそこで笑って礼を言ったさっきのおれ、残念だった。

二階から三階に上がる階段に備え付けられた鍵付きの扉の奥。三階、降織家の居住空間の清潔なキッチンで、直哉は目の前の惨状に頭を抱えていた。

「天然ボケの領域を超えてるだろうよ……」

浮世離れというような、やや美しさや気高さを伴う美辞麗句でも片づけられないところがある。脳みその容量を限界値まで星につぎ込んでいるに違いない、代わりに一般常識を相当追い出したのだ。

つまり具体的に言うと、インスタントラーメンを袋ごとレンジに突っ込んだ、というようなことだ。

「おかしいですね。この間のパスタはこの方法でできたんですが」

「そりゃきっと冷凍パスタだったんだろ。これインスタントラーメンだからさ」

無残にも黒煙を上げているそれを流しに放り込んで、水をかけてごみ袋に捨てる。

「飯、いつも誰が作ってんの?」

「桜月ちゃんです」

「あの子すげえな」

「ぼくはこういうことは昔からとても苦手なんです……」

「……キッチン使っていいか？」

「作れるんですか？」

「男飯なら」

蒼史の了解を得て、インスタント味噌《みそ》ラーメンの袋を二つ、冷蔵庫から卵を二つともやしの袋を引っ張り出した。調味料やキッチングッズが全部低い位置に置かれているのは、なるほど、このキッチンの主《あるじ》が桜月だからだろう。

対面式のキッチンはそこだけリフォームしたのだろう、趣《おもむき》のある壁紙にはめ込みされたような現代的なシステムキッチンが妙に浮いている。傍のダイニングテーブルには椅子が四つ。フローリングでひと続きのリビングには、ラグの上に居心地のよさそうなソファセットが置かれていた。窓や扉はこの邸の年代のままで、外の強い風にさらされてガタガタと音を立てていた。

「何か手伝いましょうか？　あ、卵割りましょうか」

「いらん、結果が見えてる。あんたそこ座ってて」

しゅん、と肩を落とした蒼史がダイニングテーブルの椅子に大人しく腰掛けたのをしり目に、フライパンにバターを落とした。

もやし一袋をフライパンの上で逆さにする。洗った方がいいらしいけど、面倒だから省略。塩と胡椒《こしょう》を適当に振りかけて、火を止める直前にごま油をひと回し。食欲を刺激する香りがキッチンに広がった。

火を止めたフライパンをそのままに、水を張った鍋を火にかけた。湯が沸くのを待っていると、ことりと音がした。

「桜月ちゃん、どうしたんですかこんな時間に」

桜月がコルヴスを抱えたまま、所在なさそうに扉の前に立っている。

「焦げ臭かったから、蒼史くんがまた何か焦がしたのかなって」

「このひと、ラーメン袋ごとレンジに突っ込んだんだよ」

「また？　ちゃんと袋の裏面を見て、どうやって作るのか読んでから使ってねって言ったのに？」

咄嗟に肩をすくめるのは、蒼史のそういう時のならいらしい。よっぽど怒られ慣れているようだった。

「片づけは？　蒼史くんお腹すいたならわたし何か作るよ」

「だめですよ。桜月ちゃんは明日も学校ですから寝ておかないと」

桜月が伸ばした手を、やんわりと止めた。

「……邪魔するつもりじゃないの。お夜食作ったら、お部屋に戻るよ」

「授業中や放課後、お友だちと遊ぶ時に眠たくなりますよ？」

鍋の湯を見ながら、直哉は背中で交わされる微妙にかみ合わない会話をずっと聞いていた。

蒼史は桜月のことをずいぶん心配しているようだし、桜月は蒼史に幾分遠慮があるようだった。小学生だって多少の夜更《よふ》かしは別にいいんじゃないか、と思うし、桜月は兄との距離感に戸惑っているようにも見える。

年の離れた兄妹とはこういうものなのか。一人っ子の直哉にその機微はわからない。

「桜月ちゃんもラーメン食べる？　腹に何か入れた方がいいよ。眠れなかったんだろ」

「……なんでわかったの？」

「全然眠たくなさそうだから」

二人暮らしの兄妹の兄を、直哉は観測塔で独占していたのだ。暗い邸の中、ガタガタと暴れる窓枠の音が怖くて眠れない。そんなあたりじゃないかと見当をつけた。

そう言うと、桜月はおずおずとうなずいた。

「そうなのですか？　それは大変です。あまり建て付けの良い家ではないのです……」

「ごめんな、こういう時は兄ちゃんと一緒に寝たいよな」

インスタントラーメンをもうひと袋と、卵を一つ追加する。味噌味のスープを濃いめに溶いて、三人分の器についだ。

桜月は出来上がっていくラーメンをちらちら見ながら、一生懸命首を横に振っていた。

「ちょっと目がさえちゃっただけだもん。風が強くて明日お洗濯が干せるかどうか、心配だっただけ。明日は早く起きてシーツも全部お洗濯したかったの」

「ええ……明日はぜひお昼まで寝ていたいのですが……」

「だめ。明日を逃したら、しばらくお昼は曇りだってテレビで言ってたもん」

「……やっぱり桜月ちゃんはしっかりしていますね」

「そっかな……」

直哉は味噌ラーメンの上に炒めたもやしを適当に三分の一ずつのせた。もやしの真ん中にくぼみを作って、卵を一つずつ割る。仕上げにバターをひとかけ上から落としてじんわりと溶けるのを待った。

「上手ですねえ」

「飯自分で作ってるから。大体ラーメンとか親子丼とかそんなのだけど」

母親と顔を合わせたくなくて、勉強だなんだと食事の時間をずらすようにした。ある日冷蔵庫をのぞくと直哉のための夕食が残っていた。甘い卵焼きや赤いウインナーがあった。小さな時に好きだったおかずばかりだと気づいた。

あのひとは小さいころの直哉にいつも謝っている。幼い直哉に媚《こ》びているようで嫌気がさした。あれから一度も手を付けていない。

冷たい麦茶をグラスに注いで、三人で向かい合って手を合わせた。

味噌とバターとごま油の合わさった香りが胃袋を刺激する。三人で無言でかきこんだ。シャキシャキのもやしを半分味わって、残り半分をとっておいた卵の黄身を崩して混ぜる。だいぶスープを吸った麺と一緒に一口すする。

蒼史がうまそうにラーメンをすすっているのを見てほっとした。どう見てもラーメンより、パスタやエッグベネ……なんとかが好きそうな顔だからだ。

「とてもおいしいです、すごいですね、栄田くんは」

「うん、おいしい。バターがおいしい！」

「そっか。ちゃんと噛んで食えな。寝る前だから腹こわす」

顔を真っ赤にして、小さな手で丼《どんぶり》を抱きかかえるようにラーメンをすする桜月が、やっと年相応に見えた。

お腹いっぱいだから、と桜月が残したラーメンを二人の丼に分ける。その間に、桜月はコルヴスを抱えて椅子から立ち上がった。しきりに目をこすっている。腹が膨れて眠たくなってきたのだろう。

「栄田くん、ごちそうさま。おやすみなさい」

二人揃《そろ》っておやすみ、と返した。見送ったその背が、ふら、ふらと左右に揺れている。

直哉は残りのラーメンに胡椒を振りながら、蒼史を促した。

「寝るまでついててやんなくていいの？　おれ片づけとかして待ってるから」

椅子から腰を浮かしてはらはらとその背中を見送っているものだから、いっそもどかしい。

「あの子はしっかりしていますから、きっと嫌がると思うのです」

「ふうん。そんなもんか。おれ一人っ子だからわかんねえんだけど、年の離れた兄妹ってそういう感じなの？」

「そういう感じ、とは？」

質問で返されて、直哉は箸《はし》を止めた。

「十いくつも離れてるんなら当たり前かもしれないけど、結構お互いに気ぃ使ってる感じ。でもそうだよな、桜月ちゃんが生まれた時、あんた高校生だろ、戸惑うよなあ」

直哉のような境遇でなければ、同い年の友だちと遊ぶのが楽しい時期だ。勉強で忙しくもあるだろう。そこで生まれた妹なんて、どう扱っていいかわからないに違いない。

勝手に納得していると、蒼史が困ったように言った。

「桜月ちゃんはぼくの義理の妹です。血はつながっていません。それに戸籍上はぼくと彼女は親子ですよ。ぼくの義理の娘で——正確に言うと、ぼくが彼女のおじいさんの養子なんです」

頭の中に、咄嗟に家系図が思い浮かばない。

「ぼくは孤児というやつでして。十四歳から十八歳まで施設で育ったんです」

もやしとラーメンを口に突っ込んだまま、直哉は思わず顔を上げていた。

「桜月ちゃんのおじいさんがぼくを引き取ってくれて、大学院まで行かせてくれました。三年前に先代が亡くなって、ぼくと桜月ちゃんがこの天文館を継ぎました。年齢的に親子だと厳しいので、対外的には兄妹ということにしています」

「……そりゃあ、あんたおれと同い年ぐらいに見えるもんな」

違う、もっと言うべきことがあるはずだったが、直哉には結局何も思いつかなかった。

「一緒に暮らしてまだそれほど経《た》っていません。どうやら、家族としては少しぎこちないようですね」

〝どうしていいのかわからないんだ〟

　その顔は、二度目だ。

「……その、蒼史さんの十四歳までは？」

「両親がいたそうです。ですが十四歳までのことはほとんど記憶にありません。気がついた時にはもう施設でした」

「ごめん」

　味噌ラーメンの湯気が漂う中でする話じゃなかった。

「いいえ。ぼくはおじいさんと桜月ちゃんに出会えて幸せですから。一日中星を見て宇宙のことを考えて、栄田くんのような人に星を好きになってもらえるなら。ぼくはとても幸せなんです」

　このひとがかたくなに「星を好きになってほしい」と言うのは、自分がそうだったからじゃないのかと、ふと思った。

　この夜の空の下に居場所を探し求めていたのは、直哉だけじゃない。

　かつて蒼史もそうやって、ここに居場所を求めた一人なんじゃないのか。星を好きになって、息をすることを覚えたのかもしれない。

　そう思ったら、無性に星の下の観測塔に戻りたくなった。あそこで蒼史の星の話を、夜通し聞いていたい。

「……飯食ったら、オリオン座以外のやつも教えてほしい」

「本当ですか⁉　早く食べましょう！　すぐ！」

「慌てなくていいから。あんた喉にラーメン詰まらせて死にそうだから」

焦って丼を持ち上げる蒼史を引きとどめながら、直哉ははたと気がついた。

「そういや、鍵、使えるかな」

空を手に入れたと言うなら、今日はそういう気分だった。本物のオリオンを見た。少し近づいたから、蒼史が言う『鍵を回す』ことができるんじゃないか。

「どうでしょうか。試してみてください」

けれどその日も、銀色の鍵は応えてくれなかった。沈黙したままの投影機を見つめていると、いつの間にか蒼史の腕の中にいたコルヴスが、鼻で笑った気がした。

「……だめか」

「もっと、星を知らなくてはいけませんね」

「別に、信じてねえし……。仕掛けを見つけるためだからな。このままじゃ、悔しいから」

明日また来る。口実は自分自身への言い訳に近い。星が好きになったからまた明日も来たい。言えるか、そんなこと。

——明日また、星の話が聞ける。

それだけで、直哉の心はここ何年もないぐらいひどく高鳴った。

結局陽が昇るまで観測を続け、空が白み始めたころ直哉は始発で家に帰った。

家に着いたのは六時前。ざっとシャワーを浴びてさっさと二階の自分の部屋に駆け込んだ。

部屋のベッドの上に寝転がって灰色の天井を見上げていると、階下で母親が起きだす物音がした。朝が早い父親の朝食を作るのだろう。仕事が忙しい父親の顔は全然見ていないし、口を開けば「母さんだって直哉を心配しているんだ」としか言わない。

消えたはずの胸の澱《おり》がまた淀んできた。ひゅ、っと喉の奥で呼吸が詰まる。横を向いて頭から布団をかぶった。

早く夜になれ。そうしたらまた星の世界に戻ることができる。

早く、もう一度お前が見たい。お前のことが知りたいよ。

顔のオリオンに触れながら、直哉はずるずると眠りに引き込まれていった。

※

直哉がその手紙に気がついたのは、宇宙の鍵に挑戦し始めて数日過ぎたころだった。

天文館の二階、プラネタリウムとは反対側の廊下の先に、資料書庫兼書斎がある。ちょっとした図書室のようになっていて、プラネタリウムと同じ、ひと続きの広い部屋に本棚が立ち並んでいる。窓際には、五、六人で囲むことのできる大きな机があった。

「またやっちまった……椅子で読めって言われてんのに」

本棚と本棚の隙間《すきま》の床で、つい読みふけってしまうのが常だ。分厚い本を抱えて、痛む腰を伸ばしながら書棚の間を歩いていると、直哉はふとその場所を見つけた。

奥まったところに隠されるように、木造の一人用の机が置いてあった。無造作に本が積みあがっている中に、見覚えのあるマグカップが置いてある。蒼史の机だ。

書きかけの手紙が置いてあった。

水色の便箋《びんせん》に水色の封筒、横書きの黒い字が紙面を埋めていた。

直哉が惹かれたのは、その隣に散らばっていた写真だった。

赤から白に変わる両翼を広げたその姿は、数日前に見た星雲の姿だ。それから、夜空から切り取られたようなオリオン座の写真。右下に白いインクで日付が施《ほどこ》されていた。あの日の日付だ。

小さな環がめぐる土星。おとめ座の一等星、スピカ。空中に何十本という線が巡る全天写真──カメラのシャッターを開けっ放しにして撮るのだと聞いたことがある。

「──どうかしましたか？」

写真に見入っていた直哉は、文字通りその場で跳び上がった。

「蒼史さん！　う、わ、ごめん、手紙のぞき見してたんじゃねえんだ」

「別にいいですよ。ああ、この間の写真ですね。望遠鏡に撮影機能が付いているのです」

「誰かに送んの？　手紙と一緒に」

「ええ、今日は雨ですから」

──例えば、「誰かに手紙を送るのか？」という問いに答えを返すなら「知り合いに」だとか「写真が好きな人なので」という風になるはずだ。

「……ああ、雨が降ると観測できないし、やることないもんな」

ややあって、直哉はうなずいた。夕方から降り始めた雨は夜半にかけて勢いを増している。

だが、蒼史は首を横に振った

「雨の日は、プラネタリウムを見たり本を読んで過ごしています。それに早目に閉館して寝てしまうことにしています。桜月ちゃんにとても怒られてしまうので──」

桜月は先ほど挨拶《あいさつ》に来てすでに部屋に戻ってしまっている。「今日は雨だから、蒼史くんも早く寝てね」と、釘《くぎ》を刺されたのはつい先ほどだ。

「この手紙は雨でないとだめなのです」

蒼史が微笑んだ。

「――コ、ガ、ネ、は、雨、の、日、に、来、る、の、で、す、か、ら、」


――元気ですか、コガネ。

ぼくは相変わらずです。

この間、顔にオリオン座を持つひとに出会いました。彼は星を好きになってくれると言いました。だからたくさん星の話をすることにします。毎日宇宙の鍵を回すのに苦戦しているようですよ。

写真は、その時のM四十二星雲とオリオン座です。

もうすぐオリオンの季節は終わってしまいますね――……。

蒼史に見せてもらった手紙のあて名は「コガネ」。星の写真を喜ぶ、蒼史の友人なのだという。

「なんで雨の日なんだ？」

紙が湿気《しけ》るから晴れの日がいい、と言われる方がまだわかる。

「雨の日にしかコガネが来ないからです」

「来るの？　送るんじゃなくて？」

「ポストに入れますよ」

要領を得ない。蒼史は手紙の最後にサインを入れて写真と一緒にさっさと封筒に収めてしまった。

「一緒に行きますか、栄田くん」

傘をさして庭に降りた。芝生を踏んでいつもの観測塔の扉の前から、ぐるりと半分回った。邸とは反対側、うっそうとした木々と背の高い草を踏みしだいた先に、それはあった。

蒼史の膝《ひざ》の高さほどの小さなブリキのポストだ。傾いてさびついている。

「ここに手紙を入れておくと、夜中にコガネが取りに来てくれます。そうして返事を入れてくれるのです」

「勝手に他人が庭に入ってくんの？　危なくねえ？」

「コガネはぼくと先代の友人です。この方法も先代からのならいですよ」

近くに住んでいる友だちと、郵便局を介さずに手紙を交わす。ずいぶん古風な方法だが、小学生のころはみんなやっていた――直哉が絡んだことはないが――手紙遊びみたいで、少し楽しそうだった。

この浮世離れしたひとの友人は、きっと同じ空気を持ったひとなのだろう。

「そっか、おれのことをその『コガネ』がなんて言うかちょっと気になるから、返ってきたら教えてくれよな」

「ええ、もちろんです」

だが、次の日見せてもらったコガネの返事は、実にそっけなかった。


――そうか。


直哉についてはそれだけだった。

何か一言だけでもくれるのではないかと期待していただけに、拍子抜けだった。

「コガネは先代のころからいつもこんなものですよ。ほとんどが星の話です。人付き合いが苦手なのかもしれませんね」

コガネの手紙には、直哉の理解できない天文の話がびっしり書き込まれていた。ところどころに数式がちりばめられ、聞いたことのない言葉が連なっている。

学者か研究者なのだろうか。

人付き合いが苦手な、と言う割に、蒼史のことについては多弁だった。

『食事を摂《と》れ。寝た方がいい。本を読んで夜更かしをしているんだろう、いつか倒れるぞ』

『写真が巧《うま》くなったな。写真は好きか？』

『まだ肌寒い季節だから暖かくした方がいい』

直哉のことを「そうか」でまとめてしまった人間と同一人物とは思えない。父や兄のような、少し心配性なところも垣間《かいま》見える。

人付き合いが苦手なのではなく、蒼史以外に興味はないという風であった。

そう思うと、コガネの「そうか」には、直哉に対する拒絶が含まれているような気もして、途端に背筋がうすら寒くなった。

蒼史が手紙に没頭していたのをいいことに、直哉はそれ以上問うのをやめた。

ここから先は、踏み込まない方がいい。

蒼史も見たことのない、先代の友人「コガネ」。

何か得体の知れないものがここにいる。そういう気がする。

「……おれ、あっちで本読んでくるな」

集中すると返事がなくなるのはいつものことだ。逃げるようにその場を辞した。

本の内容が面白くて助かったと思う。おかげでその一冊を読み終わるころには、直哉はすっかりコガネのことを忘れていた。

――無理やり、頭の隅《すみ》に追いやったと言ってもいい。

ともかく、これが「コガネ」との始まりだったのだ。

※

観測塔で夜通し星を観測し、プラネタリウムを見せてもらい、本を読み漁《あさ》る。今までにないぐらい満ち足りていた。

鍵はいまだに回らない。そのうち仕掛けを探すのはやめた。

きっとまだ足りないのだ。星の知識が、想像力が――足りない。半ば本気でそう思い始めていた。

それを見計らってか見越してか、すぐに蒼史が観測塔へ誘うのだ。

一緒に星を見ましょう。

星の世界に沈みながら、同時にこのところ、よく考えるようになった。

これから、どうしようか。

すぐに四月になる。直哉の元同級生たちは一つ学年を進めるだろう。今から高校に編入しても一年遅れになる。

でもそんなことは直哉にとってどうだってよかった。またあの息苦しい空間に戻るのか。

そう思うと腹の底が冷える。

どうしようか。

直哉はこの問題をずっと転がし続けている。

答えはすぐ傍にある気がするのに届かない。

何かをしたいというような、胸の奥の高まりを感じる。何か大切なものをつかみかねているような気がしていた。

直哉は、小さなふっくらとした桜月の掌が、自分の手を痛いぐらいに握っているのを遠い目で見ていた。

「よろしくね、栄田くん。お財布は絶対蒼史くんに渡しちゃだめよ」

「あのひと、二十八にもなって自分で財布も持たせてもらえねえの？」

「蒼史くんたらぼーっとしてるし、あんまり人のこと疑ったりしないじゃない。星しか興味ないし。カツアゲの人にお金あげたり、怪しげな人に寄付したりしちゃうから」

そんな馬鹿なことがあるものか、と言い切れない。

「特に本が売ってる所には、絶対に入っちゃだめだよ！　お財布のお金からカードから全部本に使っちゃうんだから」

「……わかった。任せろ」

二十八歳の財布を十七歳に預けた十歳が、ほっと胸をなでおろしたのが見えた。

「早めに帰ってきてね、栄田くんもごはん食べていってくれるよね」

「いつもありがとな、楽しみにしてる」

桜月は、よくこうして直哉を夕食に誘うようになった。直哉が食卓につくと蒼史も一緒に食事を摂る。今までは、どれだけ約束しても、観測塔にいるまま降りてこないこともあったそうだ。

だからだろうな。

なんにせよ、いつも大人びているこの子の顔が喜色に輝くのはこちらにとってもうれしいものだった。

その日、直哉と蒼史は三鷹から五駅ほど離れた大きなホームセンターへやってきていた。

実のところあまりいい思い出のない駅だ。直哉の通っていた高校の最寄り駅でもある。駅前のホームセンターの隣には大きな書店があって、参考書を買いによく訪れていた。

「なあ、コルヴスの毛布って絶対ここのじゃないとだめなのか？」

投影機の横に置いてあるお気に入りの毛布を、桜月が洗濯中に破いてしまったのだ。

「ほかの物だと落ち着かないようで、じっとしていてくれないのです。それは困ります」

「ふうん。あいつ、プラネタリウム好きだよな。天文館の猫って星が好きなんだな」

「星が好きではないひとには懐かないぐらいには」

「じゃあ最近はおれも少しは認めてくれてんのかな。結構傍に寄ってくるように……」

品番を書いたメモに目を落としていた直哉は、ふと顔を上げて瞠目《どうもく》した。

蒼史がいない。

「ちょっとぼく書店に行ってきますので、栄田くんは毛布をお願いします」

「おい、書店はだめだって桜月ちゃんが……あーあ……あんた一円も持ってないのにどうするつもりだよ」

隣の書店に駆け込んでいった蒼史の背を見送って、直哉は軽く嘆息した。

毛布を買って、追うように書店へ向かった。あそこから蒼史を引きずり出さなくてはいけない。

自動ドアをくぐった途端、その制服が目に入って、嫌な予感がした。

「……あ」

こぼれ落ちそうなほど目を見開いたそいつには、見覚えがあった。紺色のブレザーに臙《えん》脂《じ》のネクタイ。一月まで直哉も着ていた青崎《あおさき》高校の制服だ。

「……栄田、くん」

「鳴坂《なるさか》くん」

鳴坂——たしか、修一郎《しゅういちろう》。さすがにその顔をあっさり忘れられるほど、平和主義でもない。

あの日——直哉の運命を決めた日。階段を転がり落ちた末に自分を指した、そいつが鳴坂修一郎だった。

鳴坂の後ろから、同じ進学クラスの何人かがこちらを向いていた。

「うわ、栄田じゃん。鳴坂、近づくなよ。まだあの時の怪我《けが》治ってないんだから」

「退学になったんだろ。当然だよな」

「その顔。どうせもともと危ないやつらとツルんでたんだろ。あの試験だってカンニングしたらしいじゃん。遅かれ早かれそうなってたって」

みんな、手に赤本を持っている。もうそんな時期になったのか。他人事のようにそう思った。

「……もういいって。栄田くんも反省してると思うしさ。栄田くんもぼくのことはもう気にしなくていいから。怪我の後遺症もないし」

背は少し見下ろすぐらい。直哉よりずっと細くて目の下にうっすら隈《くま》がある。

記憶が鮮やかによみがえる。

誰もいない階段、偶然すれ違った。まだ寒い冬の日。

——君が栄田くん？

問われてにらみつけたその時も、鳴坂の顔には濃い隈があった。

——すごい勉強してるんだな。

たしかそう言った。直哉にとってはただの感想だったけれど、鳴坂の顔がひどく苛立《いらだ》ったようだったのも思い出した。

「今どうしてるの？　別の高校に編入した？　自主退学扱いだから編入も難しくないって先生が言ってたよ。栄田くん、進学クラスじゃなかったけど頭は良かったから」

あの日と同じ言い方だった。

——だってぼくは進学クラスだからね。君らと違って勉強しなくちゃいけないんだ。

ああそうだ、そのあとだった。

――カンニングしたんだろ。そうじゃなきゃ、ぼくより順位が上のはずがないからね。

あの時は無意味に自分にぶつけられる噂話や嫌悪の視線に苛々していたから、それに「うるせえ」とか「どっか行けよ」とか返した記憶がある。

この顔にある傷は、どうしたって人の視線を集める。母親は髪を伸ばしたほうがいいと言ったが、おれが悪いことをしたわけでもないのに。そう思ったら、隠すのも悔しくて嫌だった。

そのくせ無遠慮に、時に憐憫《れんびん》や嫌悪をもって見られるその視線が嫌でたまらなかった。

今だってそうだ。

こいつらはおれを憐《あわ》れんでる。憐れみながら面白がって嗤《わら》っている。あんな傷があったために、かわいそうに。

自分がそうでないことを確かめるために。自分がおれの上にいると確認するためだけに、無遠慮に踏み込んでくる。

「一年遅れになるけど、君なら高校へ戻れるよ。そうしたら就職もできる。気を落とさないで頑張った方がいい」

その時おれたちは国立大に行ってるけどな、と誰かがまぜっかえした。はじける笑い声。

端《はな》からひとの枠組みを決めつけて見下ろして踏みつける——よく知った声。

息が詰まる。呼吸ができなくなる。

いやだ。しんどい。

おれは——

指先がオリオンに触れた。ざらりとしたいつもの感触。


——君の顔にはオリオンがいるんですね。


それだけが、直哉に息の仕方を教えてくれた。

笑いさえこみ上げてくる。この傷痕に救われる日が来るなんて思わなかった。

これはオリオン座なんだってさ。

そう言ったら目の前の秀才はどんな顔をするだろうか。そう思って少し笑ったら、鳴坂の顔が不審げに歪んだ。笑われたと思ったのだろうか。それともおれが楽しそうなのは気に食わないのかもしれない。面倒なやつ。

「おれ、今『降織天文館』ってところで星の——修業してんだ」

修業ってなんだ。言って自分でおかしくなる。けれど、蒼史が時折話してくれる理論や数式のことを思い出すと、『勉強』というにはまだ烏滸《おこ》がましい気がしたのだ。鍵も回せていないことだし、半人前以下だ。

「心配してくれてありがとうな。でもおれは今結構満足してるから。この先どうなるかなんて知らねえし決めてねえけど、高校行ってた時よりずっと楽だ」

負け惜しみに聞こえるだろう。でも本心だ。

今がいい。

鳴坂がちらりと後ろの仲間を振り返った。直哉と視線を合わせたかと思ったら、慌ててそらす。唇が開いたり閉じたり落ち着かなかった。言いたいことがあるなら言えよ。

その時エスカレーターから本の塊が降りてくるのが見えた。確認しなくてもわかる。直哉は手を上げて蒼史を呼んだ。

「ああ、栄田くん、こちらに来てくれたのですね。丁度よかった！　欲しい本がたくさんあるんです。財布を君に預けていたので、どうしようかと思いました」

「桜月ちゃんからは、コルヴスの毛布代しかもらってねえの。諦めてくれ」

慌てた様子で本の塔から顔をのぞかせた蒼史を見て、青崎高校の元同級生たちはわかりやすく硬直した。

そうだよな。モデルかアイドルかホストか。こんな男の財布持ちしてるのか、何やってんだ、という視線が痛いほど突き刺さってくる。

「おや、ご友人ですか?」

「いや。蒼史さん行こうぜ。本は全部却下な、自分で桜月ちゃんに交渉してくれ」

「もう四カ月も前借りしているのです……」

「あんた小学生に借金してんのかよ。だめ、行くぞ」

明日から青崎高校でどんな噂が流れるかいっそ楽しみだ。三日ぐらい経てば、『退学になったはずの超絶不良少年栄田がイケメンモデルをカツアゲしてた』ぐらいの話になるかもしれない。

「じゃあな、鳴坂くん」

欲しい本をカウンターに出そうとする蒼史を引き留めるのに必死で、直哉は気がつかなかった。

鳴坂の隈に縁取られたその目から、じっとにらみつけるような視線が注がれていたことに。

※

ドームの南天を全開にして、星の少ない都会の夜空を見上げた。

蒼史が望遠鏡で星をとらえている間、直哉は本をペラペラとめくっていた。背には大きなクッションが、傍らには珍しくコルヴスがいた。背筋を伸ばして空を見上げている。最近、こうして傍に寄ってくることが増えた。

おとめ座のスピカを見ているらしい蒼史の背中を見ていると、全部を話したくなった。

「──おれさ、高校退学になったんだよ」

蒼史の背中が一度震える。レンズから目を離して振り返った。

「そうですか」

聞き流してくれると思っていた。星を見たまま生返事でもいいと思っていたのに、そのひとは振り返った。コーヒーを片手に直哉の横へ座り込む。声をかけたこっちが驚いた。

「おれの顔のオリオンは、小さいころにストーブで火傷してできたんだ──……」

母親のことを少し。学校が息苦しかったこと。先生に呼び出されたこと。好きなことが何もないこと。鳴坂とのこと。そのせいで退学になったこと。

どうしてか忘れられないあいつの黒い隈。

──勉強しなくちゃいけないいんだ。

悲鳴に近い声が耳の奥でよみがえる。

学校をやめて毎日街をふらついた。直哉には何もなかった。

「最悪だった。これからどうしていいかもわかんねえし、何がしたいのかもわかんねえし。普通に生きていきたいだけなのに、なんでおればっかり――……」

蒼史はコーヒーを飲みながらじっと空を見上げていた。横顔だけでも腹が立つぐらい絵になる。ＣＭか雑誌の表紙みたいだった。

蒼史の目がふいにこちらをとらえた。南天の春の空を映す黒い瞳がきゅう、と細くなる。

「でも君は星を好きになりましたよ」

「……うん。好きになった。初めて……おれが好きだって言えるものを見つけた」

そうしたら、鳴坂の気持ちも少しわかった。

あいつだっておれと同じだ。好きなものが何もない。勉強ばっかりだ。こんなに勉強してるのに、どうして抜かされる。

いい成績を残していい大学へ行っていい会社へ就職する。それだって悪くない。でもそれしか知らないのはきっと苦しい。書店で出会った鳴坂の消えない隈を思い出した。

「きっとつらいと思うんだ、鳴坂」

空を見上げて星を探す喜びを知らない。宇宙の理と法則を知り、未知の世界へ足を踏み入れる楽しさを知らない。

――自分の好きなものへ傾ける情熱を知らない。

「もし次に会ったら……星を好きになってみろよって言ってみる」

この空の下全部が自分の居場所になる。ほかに好きなものがあるならそれでいいんだ。でもそうじゃないのなら、お前も空を見上げてみろ。

「では知識がいります。今まで以上に。星がなぜ美しいのか、どうしてこんなに人の心を打つのか、その答えは最終的に数学と物理にあるのですから」

すとん、と胸に落ちた。

勉強がしたい。いつか自分も、息苦しいかつての自分に出会うかもしれない。その時に言えるようになりたいのだ。

――星を好きになるといい。

「……おれ、星の勉強がしたいな」

ずっともどかしかったものに――やっと指先が触れたのだ。

「おれ、勉強したいよ、蒼史さん」

その言葉は、再び望遠鏡に夢中になってしまった蒼史には聞こえていただろうか。

おれも、宇宙の鍵を手に入れたい。

※

クッションでうとうとしていた直哉は、がしゃん、という音で飛び起きた。コルヴスが机の上のCD-Rをひっかけて落としたのだ。

「こら、気をつけろよ、せっかく片づけたんだから」

人に懐きにくい猫で、直哉もようやく、こうやって撫《な》でさせてもらえるようになったばかりだ。

「コルヴスもだいぶ栄田くんに懐きましたねえ」

気難しい猫である。動き回るのも好きで、狭い観測塔の中を荒らすこともしばしばだった。

「あの毛布、持ってこようか。ここに置いたらどうだ？」

「それは困ります。コルヴスにはあ、あ、あそこにいてもらわないと」

望遠鏡をのぞき込んで上《うわ》の空の蒼史の口から、きっと思わず、だろう。ぽろりとこぼれ出た言葉を、直哉は聞き逃さなかった。

「……あ」

最初にプラネタリウムをすると言った時、桜月は「じゃあコルヴスはおいていくね」と言った。

あの場所に、コルヴスは「いてもらわないと」いけない。

「……わかった」

蒼史が怪訝《けげん》そうに振り返る前に、直哉は観測塔を駆け下りていた。

プラネタリウムの部屋の電気をつけて、投影機の下——コルヴスの特等席である毛布をめくった。台の薄いベニヤ板が少しばかり浮いている。端を持ち上げると大きくたわんで、隙間から中の配線が見えた。

「ああ……」

追いついてきた蒼史が肩をすくめたのがわかった。

「やっぱり、古くて配線の接触が悪かったんだ。だからコルヴスがここにいて常に押さえてないと、電源が入らなかったんだな」

「……バレてしまいましたか」

「コルヴスは星が好きなひとにしか懐かない。そうじゃないやつがここに立っても、特等席には座らない。だから鍵を回しても電源がつかないんだろ」

片腕でコルヴスを抱えた蒼史がもう片手で差し出した掌に、銀色の鍵がのっていた。

細くて小さな、夜空の鍵。

「今の君なら、どうでしょうか」

蒼史がコルヴスを放す。黒くしなやかなこの猫は、天文館の評定者だったのだ。お前に、この空を手に入れる資格があるか？　金色の瞳がそう問うている。

「……欲しい」

おれは星の勉強がしたい。宇宙の理を知りたい。

蒼史のように――この空の下に誰かを導くひとになりたい。

細い鍵を差し込んで回した。

評定者の黒い猫は、特等席から逃げなかった。首をそらして天球を見上げ、まるでそこに星が吐き出されるのを待っているようだった。

いびつな鉄アレイが光を孕《はら》む音がする。

その夜初めて、おれは星を手に入れた。

※

直哉は投影機を使うことができるようになって、少しずつプラネタリウムを教わった。

投影機の使い方、星空の動かし方。

そうして、ようやく自分の手でオリオンを昇らせることができるようになったころ。雨の降る夜に意外な訪問客が訪れた。

鳴坂修一郎である。

——なんでこいつ相手に、おれがプラネタリウムをやらなくちゃいけないんだ……。

蒼史は「プラネタリウムは好きに使ってください」と言って、書庫へこもってしまった。橙色の淡い光の中で、直哉と鳴坂はお互い困ったように見つめあった。コルヴスだけが知らんふりを決め込んで、毛布の上で丸まっている。

「何か、おれに用でもあった？」

「……いや」

ためらいが長く露骨に視線をそらされる。何なんだ、いったい。

考えても仕方がない。直哉は早々に諦めて鍵を回して星を投影した。

「……東西南北だけ覚えてくれたらいいから。南向いて」

冬の大三角形。おおいぬ座のシリウス、こいぬ座のプロキオン——オリオン座のリゲルとベテルギウス。

「それからこの三ツ星がオリオンのベルトっていって、本当の空で見つける時はこいつを目印にするといい」

無意識に右目の上の痕に指が触れる。ひきつれた、おれの顔のオリオン。

「へえ……すごいな」

「だろ」

「高校やめて、ずっとこんなことしてたんだな」

そこには皮肉も揶揄《やゆ》もない。互いの顔が見えないからだろうか。自分の掌もわからぬほどの闇の中にいてやっと、ひとは素直になれるのだ。

電気をつけると、明るい光の中で鳴坂が目を何度か瞬《またた》かせているのがわかった。

「それ、火傷の痕って本当？」

「本当。二歳の時にストーブでやったんだ。喧嘩でも根性焼きでもねえよ」

鳴坂が目をそらした。見間違いでなければ、恥じ入っているように見えた。

「書店で会った時、栄田くんが――すごく楽しそうだったから。星の修業っていうやつがいいものなんだろうなって、気になったんだ」

まだ明るさに目が慣れないのだろう。瞬きを繰り返しながらも、鳴坂の瞳はじっと天球に注がれている。

コルヴスが毛布の上から飛び降りた。鍵を抜いて台に置く。

「いいな……」

「気になるんなら、また来れば。蒼史さんの方がおれよりよっぽどよく知ってるし」

「いや……毎日塾なんだ。今日みたいな休みは週に一日だし、本当なら家で勉強しないと。ぼくたち受験生だから。地学はセンターでもあまり重要視されてないから、勉強しても意味ない」

「意味ないことあるかよ」

「意味ないよ。ぼくの家は、東大《とう》や京大《きょう》に入ることを望んでる。君んちは高校を出るのが一年ぐらい遅れてもたいしたことないかもしれないけど、うちは留年も浪人もありえないと思ってる家だから、しょうがないよね。父さんも母さんも国立出だし。気を使ってくれてありがとう」

早口で一気にまくし立てられた。隈の上の目に浮かんだ、一瞬の羨望《せんぼう》の光を見逃さなかった。でも同じぐらい、自負がある。

勉強をしてきたプライド。いい家に生まれたプライド。親の望む子に育ったプライド——ぼくの家は頭のいい家だから、ぼくもそうあるのは当然だ。

「——おれさ、蒼史さんと初めて会った時に言われたんだ。『君の顔にはオリオンがいる』って。それで星のことを知って好きになって初めて、おれはこの傷も好きになった」

「……その傷を？」

ありえない、そんな——かわいそうなもの。鳴坂の顔が歪む。

「おれは星の勉強をするよ。鳴坂くんがどんなに意味ないって思ってても、おれはこれに救われたから。おれには、これが一番意味あることだ」

鳴坂は、ひどく傷ついた顔をしていた。

「なあ、なんで来たんだ。星が見たいからだけじゃないんじゃねえの？」

「……ぼく、塾があるから帰る」

鳴坂はうつむいたままこぶしを握りしめて立ち上がった。

呼び止めるいとまもなく、重たそうな鞄を抱えて出て行った。これからきっと夜中まで勉強なのだ。

なんだ、あいつ。無性に星が見たい気分だった。観測塔に上がろう。すっかり定着し始めている夜食は、桜月も誘って焼きおにぎりのお茶漬けで——……。

倦怠感《けんたい》を覚えながら、ふと気がついた。

「……ない」

鍵がない。

次の瞬間、直哉は床を蹴って走り出した。

「――鳴坂くん！」

振り返った顔が街灯に照らされると、濃い隈がくっきりとわかる。鳴坂ははっと自分の右手を見た。

どんなにおれにムカついていても、それはあのひとのものだ。大切な宇宙の鍵。

「それ、蒼史さんの大事なものなんだ。それがないと、プラネタリウムができない」

鳴坂がためらったのがわかった。雨の中、傘もなしに走ったせいで髪から水滴が顔にぽつぽつと落ちる。髪をかきあげた。街灯が顔を照らす。

鳴坂が右上、オリオンを見た。唇を結んだのがわかった。

「おいっ！」

直哉が止めるより早く、鳴坂は右腕を思い切り振りかぶっていた。井の頭恩賜公園の草むらに投げ捨てる。春を迎えて青々と雑草が茂っていた。

かっと頭に血が上る。考えるより先に身体が動いた。鳴坂のもとではなく――公園へ駆け込み、草むらをかき分けた。

あれはあのひとの大切なものなんだ！

鳴坂が走っていく音が聞こえた。振り返らなかった。

草むらをどれだけかき分けてもだめだった。雨脚《あまあし》は強くなるばかりで、どこかへ流れていってしまったのだろうか。

鍵は見つからなかった。

※

次の一週間、直哉は昼に起きて公園を探し、天文館へ泊まるか終電で帰って、また昼に起きて——を繰り返していた。

あの夜、天文館へ戻った時の蒼史の慌てっぷりはすごかった。バスタオルを投げつけるように何枚も重ねてひとしきり風邪の心配をした。そのあと鍵のことに触れると、わずかに息をのんだようだった。

「——そうですか。もしかしたら、もう見つからないかもしれません」

喜怒哀楽の内、怒と哀が——悲しみの表情が苦手な蒼史は、やっぱり口元のせいで笑ってみえた。それでも眉間に刻まれた深いしわが、本当に大切なものだったのだと切ないほどに告げている。

そのあと書庫にこもって長い間手紙を書いていた。そういえば今日は雨、コガネに手紙を書く日だった。

次の日、業者を呼んでみたが首を横に振られるだけで終わった。

「古い電源用の鍵ですから、複製は難しいと思います。電源と配線自体を変えることをお勧めします。そもそも配線もガタがきていますから……配線ごと取り換えられては？」

蒼史はそれを断った。

それから一週間の間に、二度雨が降った。

二度目の雨の次の日。夕暮れ時の天文館の前で鳴坂とかち合った。

「……何しに来た」

「……探したけど見つからなかったんだ」

制服姿の鳴坂はいつもの重そうな鞄を抱えて、身体中に草や土をつけていた。

「謝る相手は、おれじゃねえよ」

「わかってる。館長さんに会うために来た。それと、君にも」

目の下には相変わらず隈があったけれど、どこか毒気が抜けたようだった。

「本当は前に会った時もこの間ここに来た時も……君に謝るつもりだったんだ」

門から前庭へ続く道を抜けたところで、鳴坂が立ち止まって頭を下げた。

「栄田くんごめん。階段から落としたのは君じゃない。先生に言うべきだったし、そうしていれば君は退学にはならなくて済んだ」

「……それは終わったことだから、もういい」

「ぼくは――……」

そこから先を口にすることは、鳴坂にとってとても勇気がいることのようだった。

「君がうらやましかった……んだと、思う。あんな傷があるのに堂々としていて、勉強だってぼくみたいに塾に行っているわけでもないのに、順位は上だった。こんな傷があるから、中学では不良だって聞いてたし、だからぼくの方が……ぼくの方が上じゃなくちゃいけなかったのに」

直哉は小さく笑った。

「そっか。わかった。もういいよ」

「よくない！　一生懸命考えたんだ。数学の問題でもこんなに考えたことがないというぐらい――ぼくは自分について考えたんだ！」

「わかったから怒るなって。真面目だなあ。お前、謝りに来たんだろ」

なんだかおかしくなって、直哉は笑いをかみ殺しながら鳴坂の肩を叩いた。

考えて考えて、こいつは結論を出した。意地とプライドとそれに伴う羞恥《しゅうち》心を全部ひっくるめて敵に回しても、ここへ一人で頭を下げに来たのだ。

だったらもうそれでいいんじゃないか。

「許してやってもいいが、いくつか条件があるな」

直哉は鷹揚《おうよう》に腰に手を当てて鳴坂を見下ろした。にんまりと笑ってみせる。鳴坂が肩を震わせたのがわかった。お世辞にもいい面《つら》がまえとは思わないが、そんなにびくびくしなくても、と妙な罪悪感で顔がひきつる。

「まず、蒼史さんに謝ること。それからひと月に一回でもいいから、この天文館に来ること。この客入りで天文館が儲《もう》かってるとは思えねえから」

「塾の合間に立ち寄ろう。……そんなに危ないのかここの経営」

「今のところ、おれ以外の客をほとんど見たことがない」

「……それは本当に大丈夫なのか？」

「やばいと思う。だから頼む」

神妙に互いにうなずき合った。

「あとは蒼史さんに謝ったら、おれのプラネタリウムを聞いてくれ。へたくそで悪いんだが練習相手になってくれ。これで全部」

鳴坂は目を丸くして、やがてくしゃりと顔をしかめた。どうやら笑ったみたいだったが、思いのほか下手くそで驚いた。鳴坂ほどの秀才にも苦手科目があったらしい。

鳴坂の顔にはオリオンはいない。だけど他人事とは思えなかった。

こいつも、学校でも家でも居場所がなくてうまく呼吸ができないのだ。

おれが助けてやりたいというのは傲慢《ごうまん》だっただろうか。

※

鳴坂を蒼史のところへ案内しようと天文館の扉に手をかけた瞬間、中からはじけるように扉が開いた。

「栄田くん！　ありました！　コガネが……！　コガネが見つけてくれたんです！　手紙の中に……！」

興奮冷めやらぬといった調子で、蒼史が手の中の手紙をぎゅうぎゅう押しつけてくる。

そういえば昨日は雨だったから、コガネと手紙をやりとりする日だったのだ。

手紙の中には、銀色の鍵があった。土がついて少し汚れてはいるものの、どこも傷ついていない。

「そっか……よかった。よかったな鳴坂くん」

直哉が振り返ると、鳴坂が蒼史に向かって頭をきっちり九十度に下げていた。すみません、申し訳ありません、と繰り返している。

瞠目した蒼史が、やがてふわりと笑った。見る人の心臓をわしづかみにする蜂蜜の笑顔。

「見つかったのでもういいですよ。それより、君は星が好きですか？」

鳴坂が少し顔を上げて、困ったように眦を下げている。ちらりとこちらに振られた視線に小さくうなずきで返してやる。

「わかりません……あんまり見たことがないから」

「そうですか。ではよかったら観測塔へ上がってみませんか？

――君も、星を好きになってくれるとうれしいです」

鳴坂がつられるようにふらふらとうなずくのを見て、直哉は軽く嘆息した。瞳が揺れて、顎《あご》が上がっている。

夜空を欲している気がした。鳴坂は、きっとその手で、この広大な空の下の居場所を手に入れるだろう。

そういう予感がした。

「では、望遠鏡に星をいれてきます！　何がいいですか？　リクエストは聞きます。あ、でも今日はぼく月面を観察しようと思っていたのでまず月からでいいですよね！」

普段にはない俊敏さで観測塔を駆け上がっていく蒼史を見て、鳴坂がぽかんと口を開けた。

「え、リクエストは……？」

「気にすんな、あのひとこうなったら話聞かないから」

頭の中は、もうすでに星と宇宙のことでいっぱいなのだ。

三人分のコーヒーを入れて、鳴坂を連れて観測塔へ上がる。

「ずいぶん笑うひとなんだな。ひどく叱《しか》られると思って、正直冷や汗をかきながら来た」

「この間も会っただろ、あのひとはたいてい笑ってるよ」

「そうなのか。でも公園で見かけた時はもっと怖い顔をしていたからさ」

立ち止まって、振り返った。問われていると思ったのだろう、鳴坂は思い出すように視線を宙に投げた。

「――この間の雨の日に、塾からの帰り道で館長さんを見たんだ。塾、このあたりだから。井の頭公園の草むらで、あの鍵を探していたんだと思う。必死に探していて、なのに何だか感情がないみたいな顔で、正直すごく怖かったんだ。それでそこで初めて、あの鍵が本当に大切だったんだって、気づいた。だから謝りに来たんだ」

「そうか。あのひとも昼間に公園に行って探してたみたいだったけど、夜はだめだって桜月ちゃんに言われてたのにな」

「でもあの日には結局見つからなかったんだね。コガネってひとが見つけてくれたって。

よかった、見つかって」

ほっと肩をなでおろしながら鳴坂が笑うのを見下ろした。

少し驚いていた。蒼史でも、そんな顔をすることがあるのだ。

感情をあまり隠すことのできない蒼史だから、本当に必死だったのだろう。当然だ、大切な先代の形見がなくなったのだから――……。

※

終電で帰ると言った鳴坂を見送って、直哉は観測塔の上でクッションにもたれかかっていた。

「蒼史さんさ、雨の夜に桜月ちゃんに内緒で公園に行っただろ」

「何のことですか?」

望遠鏡をのぞき込んでいた蒼史がこちらを振り返った。争奪戦はいつものごとく、蒼史の勝利で終わっている。

「いいよ、桜月ちゃんには言わないから」

お小遣い半額は、借金もちの身には堪《こた》えるだろう。

「あのさ、なんで投影機、修理しねえの？　業者は配線つなぎなおすだけだって言ってた」

「あれはあのままがいいのです。あの宇宙の鍵は、誰かが空を見上げるきっかけになると思うのです。君だって最初は、あのまま帰ってしまいそうだったじゃないですか」

蒼史は宙に視線を泳がせると、やがて拗《す》ねたようにむすりと唇を尖《とが》らせた。

「おれが？」

答えは意外な方向に転がった。

「……最初は星のことだって全然興味がなかったでしょう？　ぼくがどれだけ星がきれいだと言っても信じてくれそうになかったので。

でもどうしても——君に星を好きになってもらいたかったんです。

本当に興味がないなら、それは仕方がないのです。

けれど時間があれば、きっと君は空を見上げてくれると思いました」

無意識に疑問を口に乗せていた。

「どうして」

「さっきの鳴坂くんと同じ——君が、星を好きになりたいと、思っているように見えたのです」

居場所が欲しかった。

あんたが、あの暗闇の中で、空が全部居場所になると言ったからだ。
不意打ちだ。ぶわ、と顔が熱くなった。
くそ、このひとの思うままかよ。ああもう、やられた。
「――……ありがと」
おれに、星を教えてくれてありがとう。
居場所をくれて、ありがとう。
「こちらこそ。君が星を好きになってくれて、ぼくはうれしく思っています」
顔を上げた先に、星より輝いているその顔がある。
無意識に右側の顔を片手で覆っていた。
オリオンの三ツ星と、瞳の中のM四十二星雲。
肺の奥まで春の空気を吸い込んで、直哉は泣きそうな顔で笑った。

北天の絵本

夏、星の季節で言えば夏の星座、さそり座の観測時期に入るころ。

梅雨《つゆ》明けが宣言された昨日まで雨はしつこく降り続け、数日ぶりに夜中に観測ができると直哉《なおや》は意気揚々《ようよう》と天文館へやってきた。

雨の日に天文館で夜明かしすることはない。直哉自身が避けていたのもある。

雨が降ると「コガネ」が来る——らしいからだ。

別段邸《やしき》の中へ入ってくるわけでもないらしいし、コガネの直哉に対する反応といえば「そうか」のたった一言きりだから、過剰な反応かもしれない。けれど、ありていに言ってしまえば、不気味だった。あの「そうか」に、拒絶されている気がした。

ようやく訪れた晴れの夜。

降織《ふるおり》天文館の書庫、窓の傍に設けられている大きな机の片端で、直哉は目の前にぶちまけた問題用紙と格闘していた。

「——進捗《しんちょく》はどうですか?」

向かいで小難しそうな本を開いていた蒼史《そうし》に問われて、直哉は緩《ゆる》く首を横に振った。

——星の勉強がしたい。

そう決めてから方々探し回った挙句、方法を一つ見つけた。

高卒認定試験を受けて大学へ行く。

どうせなら蒼史と同じところにしようと決めたのだが、やはりとんでもなかった。昴泉《こうせん》大学宇宙物理学科——理系に特化した大学で、早稲田《わせだ》・慶應《けいおう》に並ぶ超難関私立大学だ。茨城や栃木の宇宙センターと学術的に提携して、宇宙・天文分野では東大《とう》・京大《きょう》に一歩先んじている。

「この間の模擬試験の結果を見ていると、高卒認定試験の方はまず問題なく受かると思います。ですが昴泉の一般は理系でも五教科必要ですから……」

そこで蒼史は言葉を濁《にご》した。

このところ、観測塔に上がるまでの時間を利用して書庫で勉強している。観測中の夜食を作ることを条件に、蒼史に勉強を教えてもらっているのだ。

直哉とて腐っても元進学校生である。英語・数学・理系科目の物理は十分戦えるレベルにあった。社会はギリギリ、だが本当の敵は難攻不落の現代国語と古典である。

そして目の前の理系馬鹿《ばか》は、ことこれに関しては物の役にも立たなかった。

「模試の過去問。三島由紀夫《みしまゆきお》の『金閣寺』。〝『私』がなぜ金閣寺を燃やしたのか、その理由を簡潔に述べよ〟」

「へえ、金の炎色反応が知りたかったんじゃないですか？」

「……何って？」

「金はイオン化しづらいために、通常の実験ではなかなか炎色反応を見ることができないのです。だから金閣寺ほどの金箔《きんぱく》の量があればあるいは、と考えたのではないでしょうか。ああ、しかし内側が木造ですから、イオンによる金属の炎色より黒煙と炎そのものの方が目立ってしまいますね」

「……蒼史さんって現役の時、文系科目どうしてたんだ？」

「国語系はギリギリでしたねえ。数学と英語と物理はいつも満点だったので、足して丁度というところでした。高校の時はよく職員室に呼び出されて、特に現国と古典の先生には泣かれたものですよ」

　学生時代の楽しい思い出話のように語っているが、先生方の気持ちを想像するとなんだか胃が痛む。文系科目は誰か別の先生を探した方がいいかもしれない。

　決して素晴らしいとは言えない文系の結果を見つめていると、書庫の入り口でひょこりと小さな頭が動いた。桜月《さつき》だった。

「栄田《さかえだ》くん、今いい？　宿題教えてほしいんだけど」

「いいけど、蒼史さんに聞いたら？」

「いいですよ、桜月ちゃん。算数ですか？　国語ですか？」

「国語はやめとけ」

軽口を挟みながら、直哉は自分の席の隣にさりげなく教科書を置いてふさいだ。少し迷った桜月は、頰《ほお》をわずかに紅潮させながら教科書を広げて蒼史の隣に座る。

──いつものことだった。

桜月は直哉に宿題の先生を乞《こ》いに来る。たいていは蒼史が一緒だから、その役目を蒼史に譲ってやるのだ。

桜月は自分で蒼史の傍には座らないし、宿題を教えてとも言わない。けれど直哉が一人の時には来たことがないから、つまりそういうことなのだ。

この兄妹《きょうだい》の、いっそ面倒なほどの距離感にも慣れた。

「蒼史くん、ここがわかんない」

「まず、分母と分子をひっくり返すのです。そのあとでかけます」

「これ……であってる?」

「そう、正解。はなまるですね。じゃあ問六までやってみましょう。桜月ちゃんならヒントなしでも解けます」

蒼史だって、桜月が「栄田くん」と言いながら宿題を持ってくると、いつも唇をきゅっと結ぶ。相変わらず笑っているように見える表情だが、あれは「どうしたらいいかわからない」時のものだ。

そうしてその役目を譲ると、太陽のように瞳を輝かせる。

お互いが直哉を挟んでしか、甘えられないし甘やかせない。

不思議な距離感だが、自分がいることで少しでも縮まるならそれでいい。直哉は手元の問題に集中するふりをして、上目で二人をうかがった。

ああ、よかった。

二人ともうれしそうだ。

※

夜も更《ふ》けたころ、直哉は降織家のキッチンに立っていた。もう勝手知ったる、である。

卵と牛乳と砂糖を適当に混ぜて、切った食パンを浸す。両面をこんがりと焼いてフレンチトーストに。

何度か夜食を出していて気づいたのだが、蒼史はたぶん甘いものが好きだ。ラーメンでもチャーハンでも喜んでくれるが、この間試しに冷凍ワッフルにアイスをのせて持っていったら、あの蒼史が望遠鏡のレンズから目を離してまで駆け寄ってきた。

それ以来、五回に三回は甘いものを混ぜるようにしている。

上に砂糖をまぶして小さく割ったチョコレートを散らし、オーブントースターへ突っ込んだ。

真夜中にハイカロリーな一品だが、あのすらりとしたひとの頰に少しでも肉がつけばいいのに、というささやかな嫌がらせである。男にとって身近な美形は鬱陶《うっとう》しいものなのだ。

「――あ」

かたりと音がして振り返った先に桜月が立っていた。

身長百八十センチの直哉からすれば、百四十センチそこそこの桜月の頭は胸の位置だ。少しかがんで視線を合わせた。

「腹減った？　フレンチトースト食う？」

「いい……いらない。お水飲もうと思っただけだから……」

首を振った桜月は、ため息交じりに背を向けた。両目はぱちりと開いていて、これはまた眠れないのだろう。

「ちょっと待って」

椅子《いす》に座るように促《うなが》すと、直哉はコンロに火をつけて小さな鍋で牛乳を温めた。桜月用のマグカップにそれを注いで、余っていたチョコレートのかけらを二つほど落としてやる。

――小さいころ、直哉が落ち込んでいる時に母親がよく作ってくれたのだ。

思い出した途端の、胸がふさがれるような居心地の悪さを振り払って、カップを桜月に渡した。

「おれでよかったら聞くけど。桜月ちゃんにはお世話になってるし。こんな時間まで眠れなかったんだろ」

幸いここにこの子の兄はいない。直哉が向かいに座ると、桜月の瞳が揺れた。

マグカップを両手で包んで、ためらうようにぽつ、とこぼした。

「……蒼史くんには内緒にしてくれる？」

「絶対に言わない」

「……友だちをうちに招待したいの。もうすぐ夏休みでしょ。うちが天文館をやってるから遊びに来たらどうかなあって。だけど蒼史くんが嫌がるかもしれない」

「そんなことないだろ。蒼史さんなら喜んでもてなしてくれると思う」

普通なら悩むほどのことでもないはずだ。けれどこの兄妹が互いの距離感をつかみかねているのを見ていると、桜月にとっては大問題なのだ。

「友だちの家にお兄さんがいて、紹介してくれて、その子がすごくうれしそうだったのよ。それで、うらやましくなっちゃったの……。わたしにも、格好良くて優しいお兄ちゃんがいるんだって、自慢したくて……。

だから昨日——聞いてみたの。……そしたら、できればあまり騒がしくしてやるなって言われたの」

「蒼史さんにそう言われたのか？」

妙な言い回しだった。蒼史と桜月以外の『三人目』がいる。そういう言い回しだ。けれど桜月はそこに言及しなかったから、直哉も深くは問わなかった。

「わたしと蒼史くん……にてないから」

桜月は、とうとうぽたりと涙を一つこぼした。

桜月と蒼史は血がつながっていない。桜月の祖父が蒼史を養子として迎え入れた。戸籍上は蒼史と桜月は義理の親子ということになる。二十八歳の蒼史と十歳の桜月の年齢を考慮して、対外的には兄妹ということにしているそうだ。

「蒼史くんが本当のお兄ちゃんじゃないってことは別にいいの。だけど世の中ではよくあることじゃないでしょう？　みんな小学生だし、うちお父さんもお母さんもいないし」

君も小学生だけどな、と言うのは飲み込んでおいた。

兄を自慢したいと微笑《ほほえ》ましく言うのに、もう一方で異常ともいえるほど大人びた考え方をする。

兄に甘えたい。甘えていいかわからない。だから、許可を取るようにいちいち直哉を間に挟むのだ。

一緒にごはんを食べたいのも、宿題をしたいのも本当は直哉とじゃない。

「誰かが蒼史くんに言うかもしれない。『桜月ちゃんの本当の家族じゃないんだ』って」

――それがこわいの。

蒼史のことを子どもの無邪気さでもって悪《あ》しざまに言われるのが怖い。

こんなに幼いのに立派に自分の兄を守ろうとしている。決して器用ではない幼い立ち回りが、胸を打った。

「それ、ちゃんと蒼史さんと話した方がいい。おれから言おうか？」

拗《こじ》れているわけではない。ただ、お互いがどうしていいかわからないだけだ。互いを大切にしているのがこんなにわかるのに、本人同士はそうではないらしい。

「だめっ」

桜月が唇を嚙《か》んだ。

「だめ。蒼史くんの邪魔したくないの」

「あのひとは桜月ちゃんを、邪魔だなんて思わねえと思う」

「……本当に？」

「うん。友だちのことも今までのことも全部話してみるといい。蒼史さんなら絶対大丈夫、友だち呼んでもいいいって言う」

「……授業参観とか、運動会とかも来てくれるかなあ」

「ああ」

桜月は、ぎゅっと掌《てのひら》を握りしめていた。

折よく桜月のカップが空になり、少し落ち着いたように息を吐き出した。

「話聞いてくれてありがとう。もし蒼史くんと話すなら、ちゃんと自分で言うから──おやすみ、栄田くん」

「おやすみ」

直哉は冷めてしまったフレンチトーストを温めなおしながら、小さく嘆息した。

桜月はきっと蒼史に言わないだろう。年相応に友だちを家に呼んで遊びたいというそれだけの願いなのに。

「うまくいくといいけどなあ」

いい兄妹だ、良い家族だと思う。

うらやましい。

フレンチトーストを皿に盛って、コーヒーのポットと一緒に立ち上がった。

「桜月ちゃんのこと言えねえわ……」

直哉も言わなくてはいけないことをまだ言っていない。

高卒認定試験のことも大学受験のことも。親の承諾がいるし必要な書類だってある。受験するには金だっている。さらに直哉の場合は第一志望が私立大学だ。

出願の締め切りは迫っている。

——いい加減話さなくてはいけない。

それを思うだけで、忘れかけていた呼吸のつらさが、ぶりかえすような気がした。

※

最近直哉は自転車で天文館に通うようになった。

交通費を浮かせたい、終電で帰ると見たい星座が見られないということもあるのだが、蒼史に付き合って夜食を食べていると太りそうだったからだ。

その日、陽《ひ》が沈んでから自転車で天文館にたどり着いた直哉は、珍しく客がいるのをみとめて瞠目《どうもく》した。

芝生に家庭用の小さな望遠鏡を立てて、月をのぞいているらしい。

「――こんな時間に、子ども？」

芝生の隅《すみ》に自転車を停《と》めて蒼史に駆け寄った。

「そうなんです。桜月ちゃんと同じ年頃だと思うんですが」

「小学生がうろうろする時間じゃないけどなあ」

井《い》の頭《かしら》公園にほど近いこの辺りは、八時ごろになると人通りも少なくなる。

熱心に望遠鏡をのぞいているのは、桜月と身長も同じくらいの小学生だった。制服と学校指定の鞄を持っているところをみると、私立の小学校に通っているのだろう。

それにしても不安なのは、蒼史の対応だった。

「あんた、小学生の世話とかできたっけ」

「桜月ちゃんは小学生ですよ。ぼくは兄ですから任せてください」

「あの子は規格外だろ。いいか、専門用語とか使っちゃだめなんだぞ。『超ひも理論』とか『相対性理論』とか『超新星爆発』とか」

だが直哉の心配をよそに蒼史は自信満々だった。

「ぼくを見くびらないでもらいたいですね。見てください、庭で簡単に観測ができる簡易望遠鏡です。倍率は百倍程度ですが、土星の環《わ》や月のクレーター程度なら見ることができますし、調節箇所が一カ所なので、小学生でもピントを自分で合わせることも可能です」

さらに、と芝生の上に敷かれたレジャーシートの上を指す。

「小学生向けの星座、神話の本と簡単な星座早見盤、飽きた時のために星のドキュメントを見られるようノートパソコンとＤＶＤも用意してあります」

「至れり尽くせりだな」

だが一見子ども向けに見えて、どうせ隠しているに決まっているのだ。じろり、と見下ろすと蒼史が目をそらした。

「どうせこのあたりに——」

「あああ……！」

子ども向けの本の下には、『簡単にわかる相対性理論』と『初心者向けの物理方程式』。『星座神話大綱』に加え、初心者では当然理解できない『天の川銀河《あまのがわぎんが》の熱源地図』や『ニュートリノの解析資料』という分厚い資料まで用意されていた。

小学生相手にこれをどうする気なのだろうか。

直哉も、通い始めた最初のころはわけのわからない数式や理論が詰め込まれた資料を手に熱っぽく何時間も語られて、いい加減にしてくれと泣きを入れたことを思い出した。

このひとは、星のことになると、とかく見境がない。

蒼史の専門である宇宙物理学は、直哉が想像していた——ほのぼのとした「星の話」とはほとんど無縁だった。

物理と論理と数式の世界なのだ。

しばらく一緒に観測していて、気づいた。

このひとの興味は、常に『星』そのものにある。

なぜ輝くのか、いつまで輝くのか、距離は、温度は、大きさは、どうやれば求められるのか、観測は可能か、肉眼視はどうか、物質の有無は、ガスは、水は——……。

気がつくと突然紙に向かって猛然と計算を始める。

その興味のすべてが一つの疑問に向かっているということを、最近ようやく知った。

——星はなぜあれほどに美しいのか。

「あの美しさの正体を知りたくて、ぼくは宇宙の理《ことわり》を学びたいと思ったのです」

蒼史は直哉にいつでもそう言った。

常に熱っぽく空を見上げ、その膨大な処理能力を誇る脳みそで考え続けているのだ。

望遠鏡に夢中の小学生をしり目に、直哉はレジャーシートに荷物を置いた。

「蒼史さんて、いつから星を勉強したいと思ってたんだ？」

「よく覚えていません。勉強しようと思ったきっかけはあるのですが、でもその前からぼくはずっと星が好きでした。

誰かと二人で、ずっと星を見上げていたのです。毎日、春も夏も秋も冬も、夜の間ずっと――……。

なくなったぼくの十四歳までの記憶の中で、何とか残っているのはそれだけなんです」

直哉は心中舌打ちした。触れてはいけない部分だったか。

蒼史は十四歳までの記憶を失っている。気がついた時には施設にいたと言っていた。

「悪い」

「いいえ。覚えていることもあるんですよ。というか、覚えていることのすべてが星のことだったと言う方が正しいかもしれません。

ぼくの傍にいた誰かと――兄弟だったのかもしれませんが、こっそり話すのです。『どうしてこんなにきれいなんだろうね』って。ですからぼくは、ずっとその答えを考え続けているのです」

気を悪くした風もなかった。ただ、懐かしそうに記憶をさかのぼろうとしては失敗して、切なそうに笑って目を伏せる。

「時々、ぼくは自分の家族を想像します。厳格な父と優しい母と、きっと兄弟がいたでしょう。星が好きな家族だったに違いありません。夜中に子どもが星を見に起きていても、ちっとも怒らない両親だったでしょうから」

「……あんたの父親と母親ならきっとそうだろうな。もしかしたら怒ってたけど、あんたが全然話を聞かなかった問題児だったのかもしれない」

「だったらきっと困らせてしまっていましたね」

想像の家族の中で、蒼史は幸せそうに目を細めた。

幼い蒼史のことだ、好奇心が強く親の言うことを全然聞かなかったかもしれない。容易に想像がついた。両親は彼を持てあまし、叱《しか》り、やがて仕方がないなあという顔で許容したに違いない。

「うらやましいな」

「全部想像ですが、そうあればいいと思います」

顔を見合わせて二人で笑った。

「……あの」

そこに割り込んできたおどおどとした少年の声で、二人ともが振り返った。

「月、見えなくなっちゃった」

「ああ、月が動いたから望遠鏡から離れたんですね。すぐに合わせます」

「べつの星を見ることはできる？」

「できますよ。一等星ならこの望遠鏡でも大きく見えるでしょう。どの星がいいですか？

この時間なら――おとめ座の『スピカ』か牛飼い座の『アルクトゥルス』あたりが見やすいです」

少年は首をゆっくり横に振った。

「……わかんないんだ。

――どれが、お母さんの星だと思う……？」

蒼史と直哉は、顔を見合わせて息をのんだ。

※

少年は木城輝《きじょうひかる》と名乗った。三鷹《みたか》駅前のマンションに住む私立の小学生だそうだ。

お父さんと二人暮らしだが帰りが仕事で遅いから、お金をもらってどこかで夕食を食べなければいけない。

天文館を見つけたのは偶然だった。

輝は迷子のような顔で夜空を見上げて言った。

「ここなら知ってる人がいるかもしれないって思ったんだよ。あのね……お母さんは、星になったんだって」

それがどういう意味か。哀《かな》しいことにその子は正しく理解していた。どこか光を失った目がぱちりと瞬《またた》く。

「ええと、死んじゃったってことなんだけど。ずっと病気で入院してたけど、半年前ぐらいに」

芝生の上のレジャーシートで空を見上げながら、直哉と蒼史は輝の話を聞いた。

「それで、さいごのさいごにこれをもらったんだ。お母さんから」

「絵本か、手作りの絵本だな」

「お母さんはあんまりたくさん歩けなかったから、かわりに絵本をたくさんくれたんだよ」

そこで初めて輝が表情らしきものを見せて、直哉はほっと息をついた。輝がぱっと顔を輝かせて大学ノートぐらいの薄い本を差し出してくる。

厚紙の裏表に色紙を丁寧に張り合わせた表紙、スケッチブックのようなページはすべて手描きの絵本で、色鉛筆できれいに色がつけられていた。

タイトルは『ひかるとおとうさんのぼうけん』。

「これは『ひかるのぼうけん』シリーズなんだ。十冊目！」

「輝の母さんは、こんなの十冊も作ってくれたんだな。すごいな」

「そうだよ！　お母さんはすごいんだ。それでね、これをくれた時にお母さんが言ったんだよ。『この本には秘密があります』って」

言っているうちにだんだん興奮してきたのか、輝が頬を紅潮させた。

「お母さんは死んだらお星さまになるんだ。だけどどの星になるかは秘密なんだって。それで、この絵本に隠したから見つけてねって言ったんだ」

「この絵本にそのヒントがあるのですね」

蒼史が輝に許可を得て、絵本をめくった。

「うん。お母さんはお星さまになっていつも見てるから、お父さんと一緒に探してねって……でも、もう半年も探してるのに、ぼくわかんないんだ」

十ページ足らずの絵本を最後までめくって、蒼史は丁寧に裏表紙をなでると輝に返した。

月明かりの下、レジャーシートから立ち上がる。

「ではぼくたちと一緒に探しましょう。その前に晩ごはんも食べないといけませんね」

「いいの？　ごはんはコンビニで買えるよ？」

「いいですか、コンビニ弁当をごはんに食べると、ここではこわい人がすぐ怒るのです。そしてお小遣いが半分になります」

真剣な顔で蒼史が人差し指を立てた。

「ああ……『降織家のお約束』な」

「ええ。桜月ちゃんが留守の日にごはんをコンビニ弁当で済ませてはだめなのです。『お惣菜《そうざい》（お野菜）を三種類以上組み合わせること』が絶対です。破るとお小遣いは半分に、さらに『面倒だから食べない』と次の週は全額なくなります……」

「あの子、ほんとすごいわ」

蒼史がやりそうなことを先回りしてつぶしている。あの歳《とし》でこれなら末恐ろしいものだ。

※

輝が夕食のカレーを頬張っている間に、書庫に移動した直哉は輝の父親へ連絡をした。小学生をこの時間に一人で帰すわけにはいかない。

「……仕事が終わったらすぐ迎えに行きます。息子がご迷惑をおかけして申し訳ない」

「いや、うちは夜遅くまで開いていますから」

場所や時間の簡単なやりとりをしていると、輝の父親が電話の向こうで大きなため息をついた。

「困らせないでくれと言っているのに……うちの子が、すみません」

思わずこぼれてしまった独り言という感じだった。

電話を切って、丁度書庫に来た蒼史と輝を見やる。

あの父親の声音《こわね》には覚えがあった。

直哉が幼いころ、母親は学校へしょっちゅう呼び出しを受けていた。いじめやいわれのない噂《うわさ》を受けて呼び出されるたびに、迎えに来た母親が最後に泣きそうな顔で先生に言うのだ。

――うちの息子が申し訳ございません。本当に、申し訳ございません。わたしのせいなんです。

あんたが悪いわけじゃないし、おれが悪いわけでもない。なのにどうして謝るんだ。どうして、そんないつも泣いてばかりいる。

母親のあの顔が苦手だった。

あのひとが泣くと――最近はもううんざりする。傍にいるのがつらい。

向こうだって嫌気がさしているだろう。どうしてこんな息子なんだ……って。

「栄田くん、手伝ってください、早く早く」

蒼史の声に、はっと我に返った。早く話さないとと思っている分、最近家族のことを考えることが多い。

席に着いた蒼史が、輝と二人顔を輝かせて手招きしていた。楽しくてたまらないという様子だ。

「この絵本、ほかに誰かに見せたのか？　一緒に探したりしたか？」

「ううん。ぼく一人。でもずっと探してるよ。お母さんはお父さんと一緒に探してねって言ったけど……お父さん忙しいし、ずっと疲れてるから」

　輝が唇をぎゅっと結ぶ。絵本はたくさん開いたあとがあった。よく見るとあちこちすり切れている。ずっと持ち歩いているに違いなかった。

「……おうちにいても、寝てるか、机に突っ伏してぼーっとしてるかどっちか。怒りっぽいし、怖いし……だけどぼく聞いちゃったんだ。

　夜中にお父さん時々お仏壇の前で言ってるの。『さみしいなあ』『どこにいるんだろうなあ』って」

　うわ、と直哉は思わず輝から視線をそらした。これはだめだ、気を抜けば泣いてしまいそうだ。

「だからぼくがお母さんを探してあげるんだ！　空を見てお母さんがいるってわかったら、きっとお父さんはまたぼくと一緒に遊んでくれるし、もう哀しい顔しないとおもうんだ」

「じゃあますます探してあげなくてはいけませんね！　気合い入れますよ栄田くん！　輝くん！—

「あんた元気だな、この空気の中で……」

けれど、輝かんばかりの蒼史のその笑顔に結局助けられるのだ。直哉一人なら輝と二人で泣いてしまっていただろうから。輝もぐすりと一度鼻を鳴らしただけで、大きくうなずいて絵本を開いた。


『ひかるとおとうさんのぼうけん』


ひかるとおとうさんは、おかあさんを探しにいきます。

しばらくいくと、きれいなお姉さんがいました。

「おかあさんをしりませんか?」

そうきいてもお姉さんは、手にもったきんいろの箒《ほうき》で、あっちこっちをさすばかりです。

次にふたりは山へいきました。山には大きなライオンがすんでいました。

「おかあさんをしりませんか?」

ライオンはにやにやわらったあと、大きな口でふたりをたべてしまおうとしました。

あぶない! ふたりはぜったいぜつめいです。

そのとき、ふたりを助けたのは大きなお兄さんでした。

お兄さんが「えい、やあ！」と気合いを入れると、ライオンはしっぽを巻いてにげていってしまいました。

「ありがとう。ところで、ぼくたちはおかあさんを探しているのですが、しりませんか？」

「おれにはわからないな。しかし、村のだれかならしっているかもしれない」

お兄さんについて村へいくと、そこはお祝いごとのさいちゅうでした。

きれいなお姫さまと王子さまが、泣きながらだきあっています。

今日は年に一回だけ、ふたりがあえる日なのです。

おとうさんとひかるもいっしょにおいわいをしました。

「おめでとうございます。あの、ぼくたちのおかあさんをしりませんか？」

お姫さまと王子さまは、ふたりに「海へいきなさい」と言いました。

ふたりは海へいきましたが、さかなやくじらがいるばかりで、おかあさんはいません。

いぬにきいても、うさぎにきいても、うしにきいても、おかあさんはみつかりませんでした――……。

こまってしまったふたりのうしろに、七人のまほうつかいがおりたちました。まほうつかいたちは言いました。

「さあ、ふりかえってくまのせなかにのって、五歩あるきなさい」

ひかるはおとうさんと、ふりかえって大きなくまのせなかにのりました。

「いち、に、さん、よん、ご――」


その先には、文字はなかった。

女の人が一人立っていた。

薄いピンクのワンピースを着た、髪の長い女性はきっと輝のお母さんだろう。手に何かを握って、微笑みながら二人に向けて両手を広げていた。

絵本はお父さんと輝が、駆け寄っていくところで終わっている。

閉じた絵本の裏表紙は黒い色紙で、金色の星が一つ光っていた。


蒼史が柔らかく笑った。

「――さて、栄田くんはわかりましたか?」

「ライオンとかは星座のことを言ってるんだと思うんだよな。お母さんは星が好きだったのか？」

「うん。いつも病院の窓から見てたし、プラネタリウムがお父さんとお母さんの、初めてのデートの場所なんだってさ」

「ならやっぱり星座か。わかるやつから順番に星座を追ってみるか。星の本ならここにたくさんあるからな」

「わかった！　ぼく、図鑑をとってくる！」

輝がぱっと駆け出したのを見て、直哉は笑ったままの蒼史をちらりと見た。

「で、わかってるんだよな、蒼史さんは」

「はい。これでも星のプロですから」

「教える気は？」

「ぜひ一度、輝くんと探してみてください」

にこにこと笑う蒼史はそれ以上言うつもりはないようだった。

「そういや桜月ちゃんは？　夕飯だけ食べて、あと全然見ないけど」

直哉が来ている時は、蒼史目当てに桜月も顔を出すのが常になっていた。直哉といるふりをして蒼史に構ってほしいのだ。

「……誘ったのですが、宿題をするからと部屋へ戻っていってしまいました……あの、栄田くん」

神妙な面持ちでのぞき込まれて、直哉は思わず身構えた。

「——ぼくと桜月ちゃんは、ちゃんと兄妹に見えているでしょうか。あの子は、ぼくにずいぶん遠慮があるような、気がするのです」

息をのんだ。蒼史からも、その話を切り出されるのか。

降織兄妹は、互いに互いのことを考え始めている。いや、ずっと考えていたのだろう。だが、ようやく緩やかに——その距離感が動こうとしている。

「無理もないです。家族になってまだ日も浅いのですから。

ですが、なんでも言ってほしいのです。どこかであの子が傷ついていないか、とても心配です。あの子が毎日笑って過ごせることが、ぼくの望みなのです……でもあの子はぼくのことを心配してばっかりです。ぼくは、あの子にとって頼りがいのある兄でしょうか」

結局、二人とも考えていることは同じなのだ。

自分の大切な家族が幸せであれと望む。両方の話を聞いている直哉からすれば、いっそ微笑ましいぐらいだった。

「桜月ちゃんと、きちんと話せばいいんじゃねえ？　そうしたらたぶん解決すると思う。蓋《ふた》を開けたら笑っちゃうぐらい単純なことだと思うんだよな、おれは」

「……何か知ってるんですか？　栄田くんは桜月ちゃんと仲が良いですから……何か聞いていますよね」

そこには、「ぼくよりも」と挟まるのかもしれない。唇を尖《とが》らせて少し拗《す》ねているのが可笑《おか》しい。

「蒼史さんがこの絵本の答えを教えてくれるなら考える」

二人してしばらくにらみ合って、やがて同時に笑みをこぼした。

これはおれから言うのではだめなのだ。

輝の絵本だって本当は同じだとも思う。輝とお父さんが一緒に見つけなくてはいけない、そんな気がする。

こういうことは、一人ではきっと解決しないのだ。

「桜月ちゃんと、話してみます」

蒼史がそう言った時、輝が図鑑を両手に抱えて駆け戻ってきた。

この子の父親の代わりに、冒険相手になれるだろうか。

「──よし輝。まずライオンから行こうぜ、わかりやすいとこ」

せめて今この時に、冒険に楽しさを見いだして、きらきらと輝くこの子の瞳に応《こた》えてやりたい。

「うん！　これのライオンがしし座として、お兄さんっていうのはどれだろう」

二人して頭を突き合わせて、図鑑を調べる。

ああでもない、こうでもないと言っている間、輝はずっと笑っていてずっと楽しそうだった。

※

時計の針が午後十時を指したころ。

直哉と輝は突き合わせていた頭を一度戻して、答え合わせをすることにした。輝の父親が、十時ごろに迎えに行くと言っていたからだ。

「まず、ライオンとお兄さん、お姫さまと王子さま、そのあと出てくる色々な生き物は、わかりました」

輝が図鑑の中を次々指さして言った。

「ライオンはしし座で、ギリシャ神話に出てくる『化けライオン』です！」

次に子ども向けの神話の本を開きながら、輝がそのページを指さした。

「その通りです。ギリシャ神話のネメアの森に出てくる『化けライオン』で、大きな口で人々を困らせたのですよ」

「それで、それを退治した『お兄さん』は、ギリシャの英雄ヘラクレスだよな。化けライオンは英雄ヘラクレスに倒された。しし座が春でヘラクレス座が夏、ライオンは英雄から逃げるように西の空に沈んでいく」

「その通りです。ではお姫さまと王子さまはなんでしょうか、輝くん」

「織姫《おりひめ》と彦星《ひこぼし》、です。天の川の左右にわかれていて、年に一度七夕《たなばた》の季節にだけ会うことができるんです」

「はい。星の正しい名前はわかりますか?」

「こと座の『ベガ』とわし座の『アルタイル』!」

「はい、よくできました。間にあるはくちょう座の『デネブ』と合わせて、夏の大三角形になります。夏の夜空では南の高い位置に見えます」

直哉が海のページを開いた。

「さかなは秋の星座『うお座』。くじらは『くじら座』。ほかも『おおいぬ座』『こいぬ座』、『うさぎ座』『おうし座』。このあたりは秋と冬の星座だっていうのはわかるんだけど……」

残る問題は、「最初のお姉さん」「まほうつかい」「くま」だ。

輝と考え込んでいると、階段を叩きつけるように上ってくる足音がした。

「輝！」

スーツを着込んだ男が、書庫に踏み入ってくる。

輝の父親だとわかった。蒼史の顔を見て、直哉の顔も見て一瞬ひどく困惑した様子だった。かたや絶世の麗人で、もう片方は顔に火傷《やけど》の痕《あと》がある大男。しかも二人の年齢はほぼ同じぐらいに見えるとくれば動揺も無理はない。

泳ぎに泳いだ視線が最終的に直哉で止まる。迫力勝ちというところだろうか。

蒼史が片手を上げた。

「輝くんのお父さんですか？　ぼくが館長の降織蒼史です」

「あ、ああ。息子がご迷惑をおかけしました。食事までいただいたそうで、申し訳ない」

父親は三十歳を二つ三つ過ぎたころだろうか。疲れ切ったその表情のせいで幾分年かさに見える。鞄とは別に持った紙袋にはどっさりとファイルや資料が詰め込まれていた。

「お気になさらず。うちの天文館は夜間の観測を主に行っていますから。お父さんもいかがですか？」

蒼史が柔らかく笑って、父親を書庫の椅子へ促した。

「コーヒーでも出しますよ。先ほどまで輝くんと月を見ていたんです。ゆっくりしていってください。よければ月の話はいかがですか？」

「いえ、夜も遅いのですぐにおいとま――」

「お父さん、ぼくこの絵本の謎を解いたんだよ！　答えまでもう少しなんだ」

輝が絵本を持ち上げてうれしそうに父親の背広の裾に縋《すが》りついた。

「もうすぐお母さんに会えるよ」

直哉は苦笑してその頭をぽんと叩いてやる。

「そうだな。あとは『お姉さん』と『まほうつかい』と『くま』の謎だけなんだけど、何か心当たりないですか。輝くんのお父さんと一緒に探せって、お母さんは言ったみたいっす」

百八十センチの直哉からすると、輝の父親をやや見下ろすことになる。わずかに身を引いた輝の父親はやがて大きなため息をついた。

「すみませんが、この子に妙なことを教えないでください。この子の母親は死んだんです。ただでさえ仕事が忙しいのに、妙な絵本に惑わされて。家で大人しくしていろと言っているのに。困るんですよ。まったく――……あいつも余計なものを残してくれた」

泥のようなため息をついて、父親は輝の腕をつかんだ。

「帰るぞ、輝」

「いやだ。まだ答え合わせが終わってないんだ。もうすぐでお母さんの星が――……」

「人は星にならない。頼むからお父さんを困らせないでくれ」

ぐ、と詰まった輝が絵本を胸に抱きしめた。

「……いないのは知ってるもん。でも……いつも見てるって、探してほしいって言ったもん。ぼくはお父さんに……」

「輝！」

父親は輝の腕をつかんだまま、呆気《あっけ》にとられている蒼史と直哉に背を向けた。細い背が丸まっている。

「ありがとうございました。夜分遅くに申し訳ない。帰ります」

「——明後日」

蒼史が半ば父親の言葉を遮《さえぎ》るように、人差し指を立てた。

「明後日の土曜日は晴れるそうです。午後八時にぜひいらしてください。その絵本の答え合わせの続きをしましょう、輝くん」

「冗談はよしてください。子ども向けの絵本に大人が振り回されるわけにはいきません」

「その絵本は『ひかるとおとうさんのぼうけん』です。いつもお母さんが描いていた『ひかるのぼうけん』ではないんです」

父親が振り返った。落ちくぼんで死んだように濁っていた目が揺らいだ。乾いた唇が

――直哉と蒼史の知らない彼女の名前を呼んだ気がした。

毎日夜遅くまで仕事をして、子どもをたった一人で育てている。大事なものをなくしてしまった。

輝はわかっている。今つらいのは自分だけではなくて父親もなのだ。こんな小さな子どもでもわかっている。

「これは輝くんとお父さんに向けて描かれたものなんです。二人で、見つけてほしいとお母さんは言っています」

蒼史が意味深に笑ってみせた。

「土曜日はお休みですよね？　息抜きがてら来てみてください」

「来るよ！　絶対来る！　答え合わせしてくれる？」

輝が絵本を振りかざしながら跳び上がった。

「もちろんです。絶対に、お父さんと二人で来てくださいね」

帰り際に輝の父が、輝の腕をつかんだまま小さくつぶやいたのが聞こえた。

「……ごめんな、輝」

その顔は、直哉の母親と同じ顔だ。

喉《のど》がふさがれたような気持ちになる。

ごめんね。ごめんねナオ。お母さんのせいで――……ごめんね。

輝の小さな手が、きゅっとこぶしの形に丸まったのがわかった。ふてくされたような顔でそっぽを向いている。

そうだよな、わかるよ輝、お前の気持ち。

※

夜中のうちに自転車で家に帰った直哉は、二階の自分の部屋で眠れないまま机に向かっていた。

模擬試験では昴泉大学はC判定、届かないことはない成績だ。来月も受けるつもりだったけれど、そろそろ先立つものがなかった。

お小遣いはずいぶん前からもらっていない。夏休みにバイトした分の貯金や子どもの時のお年玉を崩していた。参考書と問題集でだいぶ消費している。

蒼史の天文館の入館料は、実はツケにしてもらっていた。「出世払いでいい」と蒼史が言ったのに甘えている。

そういえばあのひとはいったい、どうやって稼いでいるんだろうか。

天文館だけで食っていくのは無理だ。客らしい客を見ることはあまりないし、結局輝からも入館料はもらっていない。

集中力が途切れ始めて現国の参考書を閉じた時、階下で母親が起きる音がした。

――言わなくちゃいけない。

直哉は着替えて階段を下りた。奥の台所で朝食の準備をする母親の裕子《ゆうこ》と、コーヒーを片手に新聞を読む父親の敏一《としかず》がいる。時折何事かぽつぽつと言葉を交わしているようだった。

あの空気の中に自分がいたのは、どれぐらい前になるだろう。

「……おはよ」

母の顔がこわばった。

父親の目は新聞紙面を泳いでいる。内容を読めていないことはすぐにわかった。空気が重苦しくなって、直哉はこらえきれずにため息をついた。

完全に腫《は》れもの扱いになっている。触れたら爆発する爆弾とでも思っているみたいに。

「ナオ、今日は家にいたのね。危ないことはしてない……？　あ、いいのよ、ナオがやりたいことをやれば。怪我《けが》だけしないならいいのよ？　でも夜遅くなるようなことじゃないとだめなの？　いいえ、ナオがやりたいことを止めるつもりはないのよ」

十七歳の息子に、夜中や朝帰りばかりとは何事かともっと毅然《きぜん》と怒ればいいのだ。何をやっているのかと問いただして、だめなことはだめと言えばいい。

そんなにびくびくおれの顔色をうかがうことはないはずだ。

あんた、母親じゃないのか。

無意識に顔のオリオンに触れた。夜の空に浮かぶ三ツ星を思い出して、すっと呼吸が楽になる。

こいつのせいなのに、こいつが今は呼吸の仕方を教えてくれる。

「危ないことはしてない。あのさ、高校のことなんだけど」

台所に立っていた母の手から包丁がこぼれてシンクに落ちた。大げさに肩をビクつかせて直哉の顔をうかがう。

化粧はしていないけれど、こざっぱりとした清潔感のある顔で、悪くはないんだと思う。

父も母も背が高いから、きれいに飾れば見違えるに違いない。

けれど今その目はどこか虚《うつ》ろで、行き場を求めるように瞳が左右に揺れていた。涙の膜が張る。

「いいの、ナオ。高校は行かなくったっていいわ。しばらくお休みして、就職でも進学でも探せばいいのよ」

「ちが、そうじゃなくて」

「ごめんね、ごめんねナオ、お母さんのせいで……」

これが、だめだ。これを聞くと息が詰まる。次の言葉が出てこなくなる。

「直哉、母さんを泣かせるな」

新聞を畳んだ父が、朝食に手を付けないまま鞄を持って立ち上がった。

仕事だと言い訳をつけて、いつも母と直哉から逃げるくせに。こういう時だけ父親面《づら》か。くそ、人の話ぐらい最後まで聞いてくれたっていい。

「……ごめんね」

母の言葉を背に、直哉は二階へ駆け上がった。財布とスマートフォンと自転車のカギ、過去問を鞄につっこんで玄関から外へ飛び出す。昨日の夜から一睡《いっすい》もしていない。眠たくてふらふらしたけれど、家で窒息《ちっそく》するよりマシだった。

開館と同時に飛び込んだ図書館で寝て、ちょっと勉強して夜になったら天文館へ行こう。

そう思っていたら午後から雨が降り出した。

図書館の自習室で問題集を広げながら、ぼうっと窓の外を眺める。天気予報を確認すると、夜通し降り続けるそうだ。

——ほとんど無言で天文館へ駆け込んだ。蒼史にいつものように迎えてくれた。

「観測に向かない天気ですからねえ」

「ちょっと勉強して、本読んで帰るよ」

蒼史は書庫の奥の自分の机で手紙を書いていた。直哉も窓ぎわの広いほうの机に問題集を広げる。

「栄田くん？」

コーヒーを入れに行こうと階段を上がったところで、桜月に呼び止められた。

「もう電車なくなっちゃうよ。自転車置いていってていいから、急いだ方がいいんじゃない？」

「今やってる過去問がもう少しだから。雨もキツいわけじゃないし、終わったら自転車で帰るよ」

「あんまり遅くなっちゃだめだよ……」

その先を、桜月は言わなかった。だが、何がその後ろに来るのかはすぐにわかった。

今日は、夜通し雨だから。

やまない雨だとわかっている夜は、天文館へは泊まらない。

桜月が、あの夜に言ったことを思い出した。

——言われたの。できればあまり騒がしくしてやるなって。

あそこで桜月は口をつぐんだけれど、あれは蒼史以外の誰かに言われたのだ。あの前の日は雨だった。事実はそれだけだったけれど、ほとんど直感だった。

――それは、コガネに言われたんじゃないのか。

雨の日だけに訪れる彼は、直哉が思っていたよりずっと降織家の近くにいる。

「早く帰ってね」

眠たそうに目をこすった桜月の背をじっと見送った。

桜月はコガネに怯《おび》えているわけじゃない。ただ、彼の――手紙の口調だけで言えば、男性だろう――助言や忠告には従わなくてはいけないと思っている。父や兄や、保護者のような存在なのだろうか。

先代の友人だというから、老人であるかもしれない。

――コガネは、いったい何者なんだ。

時間を計っていることもすっかり忘れて、直哉は問題集の上に頬杖《ほおづえ》をついたまま雨の夜にじっと目を凝《こ》らしていた。

蒼史が寝室へ上がっていったことも気がつかなかった。

そうして、そのままうとうとと寝入ってしまったのだ。

うっすら窓から差し込む光に、直哉は何度か瞬《まばた》きを繰り返した。まだ降り続いていた細い雨が、さやさやと窓に当たる音がする。

うん、と伸びをすると背中から腰にかけてバキバキと骨が鳴った。充電切れ間近のスマートフォンの画面には午前五時前。

画面を凝視して頭を抱えた。

完全に寝入ってしまった。はからずも、雨の日に初めて天文館へ泊まりこんでしまったのだ。

「蒼史さんも起こしてくれればいいのに、くそ」

蒼史は、別段雨の日に直哉に帰れと言うことはなかった。本を読んだまま寝落ちすることはよくあるので、いつものそれと思ったのだろう。

――ざくり。

外で、芝生を踏む音がした気がして心臓が跳ねた。

気のせいじゃない。こんな早朝に誰かがいる。雨が降っているから蒼史は観測塔に上がっていない。小学生の桜月がこんな時間に外に出るわけがない。

雨の日にしか――コガネは来ない。

窓に駆け寄った。窓枠《とぼり》を握りしめるように顔を限界まで押しつける。

明け方の雨の薄暗い帳の中に、ぽつんと黒い傘が咲いていた。

こちらに背を向けている。茶色の靴のかかとだけが見えた。顔も背丈も隠れていてわからない。時々ちらちらと傘から見える袖《そで》は白。

思ったより若いか、老人ならずいぶん足腰のしっかりした人間だ。

「あれが、コガネ……？」

追ってみようか。どうする。

だが蒼史と友人の関係に割り込むのも話がおかしい。

蒼史のように浮世離れしているのなら――こんな方法で手紙をやりとりするのだから、おかしな人間には違いない――見られるのを嫌がるかもしれない。

ためらっているうちに、コガネはふいに芝生の真ん中で立ち止まった。傘が、わずかに上がる。

空を見ているとわかった。

雨が降り落ちる空を眺めている。

「――星なんか出てるわけないのに」

それはほんのわずかな時間だった。傘は元の通り雨を防ぐだけにもどり、さくり、さくりとその足が芝生を踏んでいく。

――一連の動作が、もの悲しく映った。どうしてだか直哉にもわからなかった。

雨の空をどれだけ見上げても、星なんか見つからない。

コガネは星を見つけられない。

それからしばらく待っていたけれど、コガネは戻ってこなかった。小道を抜けて門から出て行ってしまったのだろう。

窓辺から身体《からだ》を離して、直哉は詰めていた息をゆっくりと吐いた。

あの、空を見上げた瞬間の胸を締めつけるような哀しさのことを、蒼史は、知っているのだろうか。


コガネを見たんだ。

蒼史にそう告げる機会を、直哉はついぞ逃した。

朝食の席に直哉がいるのを見て、桜月が息をのんだからだ。

「昨日、泊まったの？」

重大な隠し事が見つかったかのような顔だった。この世の終わりのような、と言ってもいい。何が桜月にそうさせるのかはわからなかったけれど、この子が危惧《きぐ》しているのはただ一つだろう。

「……勉強してる間に、気がついたら寝てた。起きたらすっかり朝だったよ」

眠たそうに目をこすってみせた。あからさまに、桜月がほっとしたように見えた。

「それで、栄田くんの勉強は進んだのですか？」

「全然。やっぱり、夜は星を見るに限るよな」

「そうでしょう！　勉強は昼間の方がいいです。星を見る時間が減りますからね！」

蒼史だけがいつものように明るかった。

「そうだよ、栄田くん。雨の夜は、眠った方がいいよ」

桜月がぎこちない笑顔で言った。

この子はコガネのことを知っている。その上で直哉とコガネが遭遇することをひどく恐れている。

どうして。

コガネってなんだ。

あいつはいったい、誰なんだ。

※

親のこともコガネのことも消化不良のまま、夜、輝と約束した八時になった。

朝方の雨は止み、晴れた夜空が広がっている。庭に天体望遠鏡を組み立てている蒼史と、東から上り始めるペルセウス座を見ていると、何だかひと心地ついた気がする。

桜月は蒼史から少し離れたところに座っていた。直哉が近づいて来るのを見るや、ほっと顔をほころばせる。背後で、蒼史が少し肩をすくめたのがわかった。

降織兄妹がいまだぎくしゃくしているということは、互いへの話し合いは行われていないのだ。どうせお互い機会をうかがっているのに、一歩踏み出せないというところだろう。不器用な兄妹なのである。

「栄田くんのコーヒー、入れてくるね」

桜月がふい、と背を向けて自宅のある天文館へ走っていった。

「ずいぶん拗らせてんなあ」

「……話す、といってても何から切り出せばいいのかわからないのです。桜月ちゃんは『いいの』と首を振るばかりで……ぼくはよほど頼りない兄なのでしょうか」

手持ち無沙汰《ぶさた》に——あの蒼史が手持ち無沙汰に望遠鏡を弄《いじ》っているというそのことだけで、桜月との悩みがよほど深いのだとわかる。

ちゃんと見ていればすぐにわかる。

このひとの集中を夜空から引きはがせるのは、あの不器用な小学生の女の子一人きりなのに。

「桜月ちゃんが最近、笑ってくれないのです。なんというのでしょうか、こう、口の端っこだけで笑うような。そういうのではないのです。

あの子の哀しい顔はもういやです。

本当にうれしいというあの子の無邪気な笑顔が見たいのです――」

蒼史が深刻そうに薄い唇を結んだ時。

門へ続く小道から、輝が駆け込んできた。絵本を振り回しながら開口一番に叫ぶ。

「『お姉さん』がわかったよ！」

「おお、ほんとか？」

直哉の前で絵本を広げると、輝は興奮したようにまくしたてた。

「『おとめ座』だったんだ！　きんいろの箒はおとめ座の持っている麦の穂だったんだ」

「その通りです、輝くん」

蒼史が南西の空をさした。指先には春の一等星が光っている。おとめ座のスピカだ。

「彼女は農業の女神デメーテルと言われています――来ていただけてよかったです、輝くんのお父さん」

遅れてついてきた輝の父親がゆっくりと頭を下げた。休日だというのに背広で、鞄も持っている。仕事だったのかもしれない。

「輝がどうしても、と言うので」

輝の父親が困ったように髪をかき混ぜた。相変わらず疲れた顔だった。

芝生の上で蒼史が望遠鏡を調整し、戻ってきた桜月が年下の輝を気遣って、用意していたお菓子を配っている間。

直哉は星座早見盤を頭上にかざしながら、南天の空に見える星座を確かめていた。今日蒼史が望遠鏡を持ち出したということは、この空に答えがあるはずだと思ったのだ。

「――それ、懐かしいものだな」

「星座早見盤っすか？」

丸い星座早見盤は、日付と時間を合わせると、その時間に現れる星座を見ることができる。頭上にかざして実際の方角と合わせて使うのだ。

「死んだ妻がよく使っていたよ」

「星が好きな人だったと、輝くんに聞きました」

輝の父親はネクタイを緩め背広の上着を脱いで芝生の上に置いていた。直哉の顔の痕に視線をやって、それについて問わないのは大人だからだろう。それか、他人の事情に構っている余裕がないだけかもしれない。

「君は……ええと」

「栄田といいます。天文館の客……兼手伝いみたいなもんで、蒼史さんに勉強を教えてもらってるんです。あと夜食作ったりとか」

「なんだか弟子《でし》みたいだね」

なるほど、言われてみればそうかもしれない。星の修業中であることだし。

「妻と初めてのデートがプラネタリウムだったんだ。帰りに星を見て歩いて帰った。輝を産んで、身体をこわしてからも病院でずっと空を見ていたよ。そういう星座早見盤を使っていた」

父親はきゅう、と肩を縮めた。

「ぼくが、悪かったんだよ――……ぼくのせいだ」

朝から夜まで仕事漬けだった。

新宿のオフィスビルに入っている大企業の営業で、成績も悪くない。数年で管理職に手が届くと言われた。月に数度の出張、終電を逃して職場に泊まることも多かった。

「妻の病院にはほとんど顔を出せなかった。明日には、明後日には、週末にはと思っていたら、気がついたら死んでいたよ……はは……」

それでも仕事は押し寄せる。

通夜と葬式をやり、輝の世話をし、仕事をし続ける中で、悲しみは疲れに塗りつぶされてひどくあいまいになった。土曜日も仕事、日曜日は洗濯と掃除で終わり、気がつけば輝は家で静かに一人で遊ぶことを覚えた。

「どこかに行きたいとも言わないし、友だちの家にも遊びに行かないんだ。ただ静かに家にいるばっかりで……」

「意外です。輝くんは、おれたちと星を探している時、めちゃくちゃはしゃいでたんで。もともと明るい子かと思ってたっす」

今も、桜月からもらったお菓子を頬張りながら、蒼史が望遠鏡を操作するのに興味深くまとわりついている。

「ぼくも、あんな輝を久しぶりに見た。妻が死んで以来だ……」

輝の父親の泣きそうな顔から、直哉は顔をそらした。

「栄田くん、お父さん、準備できましたよ！」

蒼史が明るい顔で手招いている。直哉は人差し指で空を示した。

「とりあえず、今日はゆっくり星を見てみたらどうですかね」

空の下は平等に誰かの息つける場所だと、直哉も教えてもらったばかりだ。

蒼史がその蜂蜜《はちみつ》のような笑みを浮かべながら両手を合わせていた。

「さて、答え合わせの時間です」

「蒼史さんその前に。望遠鏡の向きおかしくねえ？」

いつも南へ向けられている望遠鏡が今日は反対を向いている。

「いいところに気がつきましたね、栄田くん。

――さて輝くん。君とお父さんは冒険に出ますが、その先でたくさんの星座に出会いましたよね」

「うん……」

「そのことが、一番大切だったのです。君とお父さんが出会ったのは、空の真上からだいたい南側に広がる星座たちです」

直哉は思わず、あ、と声を上げていた。

「星の多くは、東から上って南中し西へ沈むように動きます。ちょうど南を向いていれば、季節は違えど、絵本の星座は全部見ることができるのです」

「じゃあ、輝のお母さんは、二人は南に向かって旅をしていたって言いたかったのか？」

蒼史は大きくうなずいた。

「ええ、そうだと思います。

では輝くんに問題です。絵本の最後で君とお父さんは、歩いていた道の先にお母さんがいないことに気がつきます」

輝がぱっと顔を上げた。

「そこで『まほうつかい』が来るんだよ！」

「そうです。『まほうつかい』はどこにやってきましたか？」

輝と父親が顔を見合わせて首をかしげる横で、次に声を上げたのは桜月だった。

「背中ね！」

「桜月ちゃん正解です。南を向いて歩いている二人の背中に、七人の『まほうつかい』は降り立ちました。南に向いた二人の背中側、すなわち北天《ほくてん》の七つの星——北斗七星《ほくとしちせい》です」

それで、くまのせなかにのって、五歩……。

「あー！」

「ああっ、栄田くん、しーっ！　まだだめです！」

人差し指を唇に当てる蒼史が妙に絵になる。いい歳した男でそれが許されるのは、一握りだ。

「北斗七星はひしゃくの形をしていますが、おおぐま座、という星座の一部です。この七つの星は、おおぐま座δ《デルタ》星『メグレズ』が三等星であるのをのぞき、残りはすべて二等星、東京の空でも簡単に見つけることができます」

蒼史の指先が空に向けられ北天をなぞった。

「そもそも北天の低い位置には明るい星が少ないのです。東京で北を見上げて明るい星が並んでいれば、だいたい北斗七星かカシオペヤ座あたりでしょう」

「え、なんで？　北だけ星が少ねえの？」

いつもの勉強の雰囲気でついそう問うて、瞬間にしまったと思った。

蒼史の目がぎらりと輝いたのを見たからだ。残像が残るほど速く、ぐりんと直哉の方を向いた。やってしまったと冷や汗が落ちる。

「一つは日本の緯度の問題です。地球は北極点から南極点を貫く地軸《ちじく》を起点に自転しています。日本は北半球になりますので、天の北極を中心に星がめぐることになります。当然北の空に位置することになるのですが、星はより近い恒星《こうせい》ほど――」

「わかった、わかったごめんおれが悪かった。それまた今度！」

「蒼史くんストップ！　輝くんとお父さんがぽかんとしちゃってる！」

桜月と二人で懸命に制すと、蒼史がしゅんと肩を落とした。

「……そうですか」

まだ全然足りないと言わんばかりだが、こっちはもうお腹いっぱいだ。答え合わせの続きを促すと、蒼史が空に指先を向けた。

「北天のおおぐま座、北斗七星のひしゃくのふちのところを、約五倍伸ばした場所にある星があります。伝統的にその星を見つける方法が、北斗七星を使う方法なんです」

やってみましょう、と蒼史がしゃがんで、輝の腕をとった。

七つある星の『ドゥーベ』と『メラク』の距離を、その先に続くように五倍——五歩歩く。

その先に輝く二等星——。

「この星の名前はこぐま座の『ポラリス』。現在の北極星《ほっきょくせい》です。あの星が、お母さんの星ですよ、輝くん」

こぼれ落ちそうなほど目を見開いて、輝はずっとその星を凝視していた。

「……知ってる、聞いたことがある。あいつに……」

輝の父親がぽつりとつぶやいた。

「お母さんが、いつかお父さんに話したことがあったんでしょう。だから『ひかるとおとうさんのぼうけん』だったんです。お父さんが一緒ならきっと見つけてくれる。これはそういう絵本なんです」

絵本の最後のページで、輝の母親は笑いながら二人を迎えていた。

直哉は北天に輝くポラリスを見上げた。

「そうか、『周極星《しゅうきょくせい》』だから、輝の母さんはこれを選んだんだな」

「よく勉強していますね。その通りです」

「一応、あー、あんたの『弟子』みたいなもんだから」

意外とこの『弟子』という言葉が気に入っていた。もう客っていう感じでもないし。修業中だし。生徒とか友人というのもピンとこない。

いいな、弟子。悪くないいな。

直哉は、自分を見上げる輝の頭を撫《な》でた。

「『周極星』っていうのは、全部の星の中で唯一、昼も夜もほとんど動いたり沈んだりしない星なんだ。だから、お母さんはこの星を選んだんだな。ずっと輝とお父さんの傍にいるんだって」

もう一つ、と蒼史が輝の手にある絵本の裏表紙を指した。

「お母さんが何かを握っているでしょう？　そして裏表紙には星が一つ。たぶん北極星です。これを見つけて、というメッセージですよ」

父親が輝の手から絵本を受け取った。幾分ためらって、おろおろと顔を上げる。

「あ、あの、カッターナイフか鋏《はさみ》を貸してください」

予想していたのだろう。蒼史がポケットから小さな鋏を手渡すと、輝の父親は絵本の裏表紙の端を丁寧に切り取り始めた。裏表紙をはがす。

その先を――見ないように直哉は顔をそらした。

たぶん手紙だったのだと思う。横書きで厚紙に書き連ねた、輝と父親への最期の手紙だ。

「――栄田くん、北極星を観測しましょう」

「おう」

背中からは嗚咽《おえつ》が聞こえる。輝の父親のものだ。お父さん、お父さんと輝が小さな声で慰めているのも。

それに背を向けて、直哉は蒼史と望遠鏡をのぞいた。

北半球では沈むことのない周極星。白い光は十分明るく、東京の光の中でもかき消えることがない。

昼夜問わずその星はそこにある。

背後で、輝が手紙をゆっくり読み上げるのが聞こえた。


おとうさんとひかるへ。

ふたりで、いっしょにぼうけんができましたか？

たのしかったですか？

おかあさんは、ひかるとおとうさんがいつでもずっとわらってくらしていけるように、北の空からみまもっています。

ひかる、おとうさんは頑張りすぎていませんか？

あなたにさみしい思いをさせていませんか？

そういうときは、ひかるがしかってあげてください。

そして、この本をひらいて、ときどきおとうさんといっしょにぼうけんしてね。

——ひかるとあなたが、いつまでも笑っていられるように……。

※

輝と父親が互いに手を握り合って帰っていったあと。

門まで出てその背を見送っていた直哉の袖口を、くい、と誰かが引いた。

「——栄田くん」

下を向くと、桜月が親子二人の背をじっと見つめていた。

「輝くんのお父さん、笑ってたね」

輝はずっと言っていた。お父さんに笑ってほしいんだ。いつも哀しそうな顔ばかりするから。

輝を見下ろす父親は、疲れてはいるけれど穏やかな笑みを浮かべている。

「あのね栄田くん。最近蒼史くんがね、わたしの顔を見て時々泣きそうな顔をするの」

「桜月ちゃんが笑ってくれないのがさみしいんだってさ」

どちらが笑うのが先か。

「このまま、蒼史くんがわたしの前で笑わなくなっちゃったらどうしよう」

袖口をつかんだ手が震えている。

この世の終わりのような顔をしているのを見て、直哉は桜月の手をそっと握って引いた。

ゆっくり小道をたどって、芝生の見える場所まで戻る。件《くだん》の美貌《びぼう》の青年はいまだ芝生の上で北天の周極星に夢中だ。

その背中を見た途端、桜月がぼろぼろと大粒の涙をこぼし始めた。

「――……蒼史くんが哀しそうな顔をしたらどうしようって思うの。つらい顔をしたらわたしもいやだって思うの。き、嫌われちゃったらどうしよう、って……」

「うわっ、ちょっ、桜月ちゃん」

小学生に目の前で号泣されると、どうしていいかわからなくなる。

「桜月ちゃん⁉」

望遠鏡から顔を跳ね上げた蒼史が、二人の間に割り込んでくる。

「栄田くん！　桜月ちゃんに何したんですか！　ああっ、まさか小学生に手を出そうとしたんですか、変態！」

いつも穏やかにたれている眦《まなじり》がつりあがって、射殺されるかと思うほどの剣幕だ。その美貌も相まった「変態」は心に大きな傷をつける。

「ふざっけんな！　妙な誤解すんな！　桜月ちゃん、言いたいことがあるなら言えって」

そしておれの誤解を解いてくれ。

ぐす、と何度かしゃくりあげた桜月は、直哉が見た中で一番年相応に――普通の小学生に見えた。

「……学校のお友だちをおうちに連れてきたいの。蒼史くんに会わせたいの」

普通の子が普通に行うそれは、この家族にとって、とても意味のあることなのだ。桜月の泣きはらした目を見て思う。

「そんなの、いつでもいいのに。こんなに泣くことないんですよ、桜月ちゃん」

「本当に？　みんな子どもだから、蒼史くんのこと好き勝手に言うかもしれないのよ」

「だけど、みんな桜月ちゃんのお友だちでしょう？　いい子に決まっています」

直哉はそうっと二人の傍から離れた。

「誰に何と言われてもぼくと桜月ちゃんは家族です。それに、ぼくも知りたいんですよ。桜月ちゃんのお友だちがどんな子で、いつも学校でどんな話をしているのか——君はあまり教えてくれませんから……」

「……聞きたいの？　お話ししてもいい？　学校のことも、友だちのことも……！　連れてきてもいいかなあ……わたし——蒼史くんのこと、自慢したいの！　大好きなお兄ちゃんがいるって！」

蒼史の顔が一転、ほころぶような笑みに変わった。

男の直哉でも思わず凝視してしまうような、蜂蜜がとろけたような微笑みだ。蒼史の大きな手が桜月の柔らかな黒髪を撫でる。

「ごはんも、一緒に食べるの。怖い夜は、時々は、わたしが眠るまで、横にいてほしいの。プラネタリウムもやってほしい、星も、一緒に見たい！　蒼史くんと、もっと一緒にいたいの。

わたし、ぜんぜんしっかりした子なんかじゃな、ないの！」

蒼史は桜月の言葉の本当の意図を、間違えなかった。

「桜月ちゃんがちっともしっかりした子じゃなくても、甘えたでもなんでもいいのです。どんな桜月ちゃんでも、ぼくの妹なのですよ」

あとは桜月が盛大に泣きじゃくる声だけが庭に響いていた。

直哉は二人をそのままに、天文館三階のキッチンへ上がる。そのうち手をつないで上がってくるだろうから、何かおいしい夜食でも用意しておくつもりだった。

兄と妹、家族のつながりが見えた気がして、直哉は自分が顔のオリオンを触っていることに気がついた。

輝も輝の父も笑っていた。

桜月も蒼史も笑っている。

すとん、と胸に落ちた気がした。

台所でこちらを振り返る母の姿を思い出す。泣きそうないつもの顔だけが直哉の思い出だった。

おれはあのひとに笑ってほしかった。

あんたのせいじゃないから、お願いだから笑ってほしい。

いつだって――――窒息しそうな胸の内で、ずっとそう思ってたんだ。

覚悟を決めた。

※

その夜、観測をしようという蒼史に断りを入れて、直哉は家に戻った。心臓が奇妙に跳ね続けているし、嫌な汗もかいてきた。緊張しているらしい、自分の親と向き合うだけなのに。

リビングでは両親がテレビを見ている。母は時折笑っていた。母が蒼史に向けるのは、いつも泣きそうな顔ばかりだった。

「……ただいま」

両親の目が驚いたように丸くなった。

「ただいま」なんて言ったのも久しぶりだ。

うわ、顔が熱い。赤くなっていないだろうか。今すぐ踵《きびす》を返して逃げ出したい——だけど、だめだ。

「おかえり、ナオ」

「おかえり」

戸惑ったような二人の声に、どこかほっとしてしまった。

「この間の話なんだ。高校のこと」

「ナオ、それなら……」

「最後まで聞いてくれよ」

　母を遮った。息を吸った。

「高卒認定試験を受けて大学に行きたい。行く大学も決めてあって、私立なんだ。昴泉大学。模擬試験も受けて、判定はCで、頑張ったら受かると思うし……家庭教師っていうか、師匠っていうかそういう人もいて、勉強を教えてもらってる」

　うつむいたまましどろもどろだった。心臓が痛い。だけど息は苦しくない。胸の奥が詰まるようなあの感覚はもう消え失せた。

「星とか宇宙の勉強をしたいんだ。三鷹にある天文館で今ずっと勉強してて、うまくいくかわかんねえけどそれを仕事にしたい。私立だからきっと、すげえ金もかかる。……でも、お願いします」

　腰を折った。正面から顔を見る勇気はまだない。

「……その天文館の館長さんが、おれのこの火傷の痕を『オリオン座』みたいだって、きれいだって言ってくれた人なんだ。おれ、そのひとみたいになりたい」

「……直哉」

父親が自分の名前を呼んだその声が、さっき輝の父親がこぼした涙交じりの嗚咽に聞こえて、直哉は反射的に背を向けた。真っ赤な顔のまま階段を駆け上がる。

輝や桜月みたいに、手放しで大好きだと言えるほどの純粋さは持てない。男であるとか、もうすぐ十八歳なのにとか、意味のない意地とプライドが羞恥心《しゅうち》を連れてくる。

「ナオ！」

呼び止められて、直哉は階段の途中で足を止めた。振り返る。見下ろした先に母親がいた。

電気もついていない暗い廊下で、確かにその顔は自分を見上げている。

また、泣いている。

ごめん、あんたが悪いんじゃないんだ。だから泣かないでほしい。

そうなんだよ、おれは。

あなたに笑ってほしいだけなんだ。

「――よかったねえ、ナオ」

確かに直哉は見た。

初めて見たような気がする。暗がりの中で母は笑っていた。ぼろぼろ泣きながら、だけど笑っている。

やっと――……。

※

そう簡単に関係性が変わるほど、直哉の家族は浅い時間を過ごしてきたわけではない。相変わらず食事を一緒に摂《と》ることはないし、直哉は朝帰ってきて夜に天文館を訪れる日々が続いている。

あの日の次の朝リビングに降りると、父親はすでに勤めに出たあとだった。

机に封筒が置いてあって、高卒認定試験の分の申し込み金額が入っていた。手書きのメモが一枚付いていた。「必要な書類があれば早めに渡すこと」。

天文館の書庫で過去問の答え合わせを見てもらっていた直哉は、休憩と称して今は蒼史と観測塔へ上がっている。

「輝くんのお父さん、近いうちに仕事を変えて、もっとゆっくりできるようにするそうです」

「そうか。じゃあ輝も安心してお父さんと遊べるな」

「ええ。プラネタリウムにも時々遊びに来てくれるそうです。お客さんが増えるのはいいことですね」

「……前から思ってたんだけどさ、ここ儲《もう》かってんの？」

「まさか」

望遠鏡で月面を観察していた蒼史が顔を上げた。

「どうやって生活してんの、蒼史さんと桜月ちゃん」

「ぼくのアルバイトです。昼間」

コンビニとファストフードと建設現場が浮かんで、全部却下した。どれも無理だろ、このひとには。

「モデルとかホストとか？」

まだこちらの方が現実的である。

「違いますよ。母校の大学で講師をしています。専任ではありませんが、二人分の生活費ぐらいは全然大丈夫です」

講師も正直あまり向いているとは思えないけれど。きっと女子ばっかりなんだろうな、このひとの教室。

「夏休みになったら、授業を受けてくれている学生に手伝ってもらって、観測会をやりましょう。その時に桜月ちゃんのお友だちもご招待しようかと思っています」

「そっか。普通のお宅訪問だと、この家じゃあ向こうが気ぃ使うもんな」

しかもお出迎えがこの顔面である。想像するだけでも大事《おおごと》になりそうだ。

「その時は栄田くんにも手伝ってもらうので、よろしくお願いしますね」

「いいけど、おれが客だという事実が忘れられつつある」

入館料はツケだし勉強を教えてもらっている身なので、ちっとも偉そうなことは言えないが。

「おや、栄田くんはぼくの『弟子』だと思っていましたが、違いましたか？」

「——……いや」

不意打ちだ。くそ。あの夜に直哉が言っていたことをきちんと聞いていたらしい。

「……あってる」

例えば友人だとか、知り合いだとかそういうものよりも腑《ふ》に落ちる。

このひとみたいになりたい。

誰かに星の美しさと宇宙の理を教えられるような——そういうひとになりたい。だから
このひとはおれの師匠だ。

「じゃあお師匠さま、弟子はせっせと夜食を作ってきますよ」

「ワッフルかパンケーキがいいですね、弟子くん」

「女子か」

望遠鏡に戻ってしまった蒼史の背にそう投げかけて、直哉は意気揚々観測塔を駆け下りた。

※

直哉にはどうしたって一つ気になることが残った。

桜月も――おそらくコガネも、蒼史を不特定多数の誰かに会わせることをよほど恐れているように思える。

蒼史が傷つけられることを、異常に恐れている。

とうに成人した二十八歳の男が、子どもの口さがない一言でも「だめかもしれない」と思うほど。

桜月でもわかる、顕著《けんちょ》な反応がそこにあるかのように。

ペルセウス・ゲーム

世は夏休みを迎えた八月。

直哉《なおや》は十八歳になった。

このところの直哉は、昼間から降織《ふるおり》天文館に来て勉強することが多くなった。桜月《さつき》の夏休みの宿題を手伝うことと、昼食を作ることを条件に、である。

直哉がそれなりに料理ができることを知った桜月は、遠慮がなくなってきた。とうとう名前呼びになり、「直哉くん弟子《でし》でしょ！」という言質《げんち》を盾に蒼史《そうし》を押しつけて、学校のプールや友だちの家など楽しく遊び回っている。食事の席で、蒼史相手に今日のことを話す桜月が、前よりずっと楽しそうでこちらまでうれしくなる。

蒼史は、直哉が引っ張ってこなくても、観測塔から食事の席へやってくるようになった。客は相変わらず少なく、この天文館だけが世間と切り離されて特別な時間が流れている気がした。

蒼史はそれでもいっこうに構わないようだった。稼ぎは大学講師のアルバイトで十分まかなえている。

どちらかといえば、あまり多くの人と共に過ごすのを好んでいないような気もする。

――あんなに人当たりが良く見えるのに、内側に踏み込まれるのを嫌がっているようにも感じた。

直哉は集中力が途切れ、問題の上を視線が上滑《うわすべ》りし始めたのに気がついて、嘆息した。休憩のタイミングかもしれない。

「なんか、やっぱり浮世離れしてるんだよなあ」

思わず口からこぼれ出た。ペンが問題用紙の上でぐりぐりと意味のない円を描き続ける。

あまり街に出たがらない。休みはずっと天文館で過ごしている。

大学へ行く時も書店以外にどこか立ち寄って帰ってきたことがないし、友人と遊びに出かけるという話も、そういえば聞いたことがない。

蒼史を見ていると、時々不安になる。ひどく危ういとすら感じる。

地上に転がる有象無象《うぞうむぞう》、雑多な事柄、人間同士の些細《ささい》な諍《いさか》い事など何の興味もない。

星以外は、どうだっていい。そんな風に思ってやしないだろうか。

観測塔で望遠鏡に齧《かじ》りつく蒼史を見ていると、そう思って仕方がない。

――あのひとはきっと、夜空さえあれば一人でいたって平気なのだ。

圧倒的な星空の下で一人うれしそうに空を見上げている蒼史は、幸せそうだが哀《かな》しくもある。それは孤独の表れだ。

空を見上げ続ける蒼史を見て、何度も思った。

このまま、夜空に消えてしまいそうだ。空にのまれていなくなってしまう。

だったら、桜月とゆっくり縮まり始めた距離は――あのひとの目をほんの少しでも地上に戻すきっかけになるかもしれない。

嘆息していた直哉は、肩を叩かれて顔を上げた。

見知らぬ老人がにこにこ笑っている。目じりにしわが落ち、瞳には深い知の色が見える。

知らない顔に対峙《たいじ》した時、直哉が最初に考えるのは顔の痕《あと》のことだ。今でこそオリオン座だと笑って言えるまでになっているが、咄嗟《とっさ》の反応はなかなか変えられない。

老人の視線が直哉の右目の上をちらりと見た。反射的に身構える。

大丈夫だ。何を言われたって、もう傷ついたりしないんだ。

「――ふむ、オリオン座だな。であればお前の瞳は『M四十二星雲《せいうん》』ということか」

瞠目《どうもく》した。初対面でこんなセリフを吐かれるのは人生で一度きりだと思っていたが、世間は広い。軽く混乱している直哉を置いてきぼりにして、老人は目じりを細めた。

「さて今日は月面Xが非常に美しく観測できる日だぞ。観測の準備は整っているかね?」

「……いや、あんた誰ですか。月面が何って?」

「それから夜中にはそろそろペルセウス座流星群の観測時期に入るからな。ここ数日は晴れが続くらしいが、油断は禁物じゃ」

この話を聞かない感じや、星にしか興味がない感じが誰かを彷彿《ほうふつ》とさせる。

「先生！　プラネタリウムが見たいって言うから準備してたのに、どこに行ったかと思いました」

　飛び込んできた蒼史がぱっと直哉に顔を向けた。

「あ、栄田《さかえだ》くん。今日は月面Xの貴重な観測日ですから、受験勉強は七時半までに終わらせてくださいね」

　間違いない、絶対このひとの関係者だ。

　豊かな白髪の老人は、大柄な身体《からだ》を丸めるように車いすに乗っていた。この邸《やしき》は階段しかないから、車いす共々誰かが担《かつ》いで上がってきたのだろう。

「高峰《たかみね》くんがきっちり一時間で迎えに来ると言っていました。うちに来るなら講演会の直前じゃなくて、もっと時間のある時にされてはどうですか」

「ふん、高峰のやつ、最近とみに生意気じゃ。わしのことを年寄り扱いしおってからに、時間もわからんほど耄碌《もうろく》しとらんわ」

「どちらかというと元気すぎて困っているんじゃないですか。もう少し大人しくしてくれないと助手が大変だ、と不満たらたらでしたよ」

　老人は井《い》津《づ》幸三郎《こうざぶろう》と名乗った。

　蒼史の学生時代の恩師だという。先代の降織教授が蒼史の先生だと思っていた直哉は、少しばかり驚いた。

「しかしお前が弟子をとるとはな。よいよい、壮健そうじゃししっかりしておるし、ふわふわしたお前の世話を任せるにはなかなか良さそうじゃ」

機嫌良さそうにうなずく井津が気になって、直哉は受験勉強をいったん中断した。

「蒼史さんの先生ってことは、昴泉《こうせん》大学の先生ってこと？」

「宇宙物理学科の教授です。ぼくのゼミの先生でもあり——先代の、降織教授のご友人でもあります。先代が亡くなったあと、何かとぼくと桜月ちゃんを気にかけてくださっているのです」

蒼史の親代わりのようなひと、ということだろうか。照れたように車いすを押す蒼史を見上げて、井津はよいよいとうなずいた。男が顔を赤らめて照れる様は見れたものではないと思っていたのだが、この顔なら許されるに違いない。

「こいつはわしが育てたも同じじゃからな。お前のことも聞いておるよ。うちの大学を受験するらしいじゃないか」

直哉は背筋を伸ばした。

「はい。蒼史さんみたいに、星の勉強をします」

「ゼミはうちに来い。ほかのくだらんゼミに入るんじゃないぞ。研究会も世話してやる。

何、蒼史の弟子じゃからなあ、楽しみにしておる」

「先生気が早いです。ゼミ選択は学部二年生から、研究会は院生になってからです。栄田くんはこれから受験なんですから」

「蒼史が勉強を教えとるんじゃろう、うちの入試程度は受からんわけなかろうなあ」

つい、と目を細めた老人の眼光に抜かれて、直哉はなお一層背筋を正した。完全に退路を断たれた気分だ。

「頑張ります」

「して蒼史」

ぐるりと井津が蒼史を見上げた。

「本題だが——お前に見合いの話を持ってきた」

声も出せずに固まった蒼史を見て、井津は懐《ふところ》から取り出した扇子《せんす》を振りかざしながら、豪快に笑った。

※

まだ陽《ひ》も沈んでいないのに、観測塔の上には蒼史と直哉、それから直哉と同じぐらい背の高い青年が揃《そろ》ってコーヒーをすすっていた。

ドームさえ開けなければ空調がきく。宵《よい》の明星《みょうじょう》が出たら観察したいと、青年たっての希望で夕暮れを待っているのだ。

高峰陽介《ようすけ》と名乗った青年は、髪を明るい茶に染め抜いており、ダークブルーのシャツに細いタイ、磨かれた革靴があつらえたように似合っていた。

「——それで、井津教授ったら蒼史先輩のことばっかり褒めるんっすよ。確かにおれも先輩の授業はすげェ好きだけど、おれの研究発表だってもっとマトモに聞いてくれてもいいと思うんす。あ、お菓子開けてもいいすか」

自分で持ってきたお茶請けのお菓子の包みを破りながら、高峰はじろりと直哉をにらみつけた。

「蒼史先輩の弟子なんてうらやましいことこのうえねえわ、幸せ野郎」

「はあ……」

高峰は蒼史の大学の院生で、ゼミの後輩にあたるらしい。井津の助手をつとめる男で、車いすを二階に運んだのもこの男だ。どこかのアパレル店員のような見た目をして、昴泉大学宇宙物理学科の秀才だというから、人間外見ではわからないものである。

「しかもプラネタリウムの鍵、回したんだって？　おれだってできたことねえのに」

「コルヴスは高峰くんにちっとも懐きませんからねえ」

途端にぎろりとにらまれて、直哉は肩をすくめた。

あの宇宙の鍵に選ばれる人間は存外少ないらしい。いつだったかそう聞いて、ちょっとした優越感をくすぐられたのを覚えている。

「まったく、弟子をとったなんて言ったら、大学中の女子学生がうらやましすぎて阿鼻叫喚《あびきょうかん》になんぞ」

「このひと大学で何やってるんすか」

「普通に授業だよ。『宇宙物理学基礎』と『物理応用B』と一般教養向けの『基礎教養：星と宇宙の謎』。受講希望が多すぎて抽選になるぐらいの人気講座だぞ。蒼史先輩が学校で何て呼ばれてるか知ってるか？」

「大体想像はつきますけど」

「『美しすぎる講師』とか『生ける美術品』とかだ。主に女子から。男連中からは、『ああいうのが雑誌やテレビの中以外で実在すると思われると、女がおれたちに寄ってこなくなる』と、大変不評だ」

キャンパス内の視線を独り占めする蒼史の姿が、容易に想像できる。

「しかし井津教授が見合いをすすめるとは。いや、実はずっと先輩にはそろそろ世話してくれる嫁さんが必要だってボヤいてたんす。わしが探してやらにゃあなあ、仲人《なこうど》を探すか、なんて言ったりして。今誰とも付き合ってないんなら、一回流れに身を任せてみるってのはどうすか？」

「ううん……」

望遠鏡を調整していた蒼史は、困ったように眦《まなじり》を下げた。乗り気ではないと全身全霊で訴えている。

「桜月ちゃんもまだ幼いですし、何とか高峰くんから断ってもらえませんか？」

「いや無理っすよー。だって車の中でもすっげェ機嫌よかったし。蒼史先輩んちに行く時はいつもご機嫌ですけど、今回はひとしお。だから何の用事かと思っておれも気になってたんすけど、まさか見合いとは」

焦ったように右往左往する蒼史がなんだか面白くて、直哉はにやりと笑った。

「いいじゃん。相手も星が好きだって言ってたし、お似合いだって。それになんだっけ――『かんむり座は星のティアラです』だっけ？　モテるんだろ、それ」

いつだったか、蒼史の余計なお世話が爆発した時のことを、直哉は忘れていない。

「そうっすよ。まずはお付き合いだけでも。いいもんですよ、彼女ってのは」

「高峰さん、彼女いるの？」

渾身《こんしん》のドヤ顔を披露する高峰が鬱陶《うっとう》しい。

けれど直哉だってそれなりに年頃だ。オリオンの傷痕のせいでほとんど縁のなかった恋愛沙汰《ざた》だが、興味がないことはない。

断じて、どうやったら彼女ができるか知りたいわけじゃないし、私服で闊歩《かっぽ》する女子大生を想像したわけでもない。絶対にない。キャンパスの内情を先輩から聞いておくのも受験勉強の一つだ、昨今の受験は情報戦だからな。それだけだ。

「いやァもう、めっちゃかわいいんだよ。同じ大学の学部生なんだけど、星が好きで一緒に観察なんかもしたりして。おれより結構小さくて、腕にこう、すっぽり収まるっての？もう守ってやりたいっていうか」

「へえ。結婚とかは？」

「おれ来年院修了で、そのまま井津教授の助手として昴泉大学の講師になんの。そしたら一応社会人として独り立ちできるし。今のうちプロポーズして、来年結婚っての考えてる」

そうだ、と高峰は輝く笑顔で蒼史を見つめた。

「来週、彼女誘ってここに来るんで、この観測塔貸してもらえませんか？　一時間でいいんです！」

「はあ、構いませんが、何に使うんですか？」

「プロポーズしようと思うんす」

大の男が照れる様は、やっぱりそれなりに気持ちが悪いものだ。

蒼史はしばらく思案して、やがて機嫌よくうなずいた。

「来週、この天文館でペルセウス座流星群の観測会を行う予定なのです。小学生向けに、少し早い時間からの予定です。うちの学生にも何人か手伝ってもらおうと思っているのですが、高峰くんが彼女さんと手伝ってくれるなら、一番いい時間に観測塔を空けますよ」

「マジっすか！」

「ええ⁉」

非難がましく直哉は食ってかかった。

「年一の観測なのに、おれも見たい！　プロポーズなんかプラネタリウムの下に押し込んどけばいいだろ」

こっちだってそれを楽しみに勉強を頑張ってきたのだ。あの大口径望遠鏡で――やっとあの望遠鏡のすごさがわかってきた――余すところなくつぶさに観察したいと思っていたのに。

「ンだとこのガキ！　おれの一世一代のプロポーズを『なんか』とかはなんだ！」

「うるせえな、大人ならガキに順番譲れ大人げない」

「こんなタッパで顔におっかねえ痕のあるガキに大人げ持てるか、ばーか！　お前なんかにあの望遠鏡はもったいねえんだよ、お子様は図鑑めくって写真でも見てろ」

敬語をかなぐり捨てて噛《か》みつくと、年齢差六つの〝大人〟も同じ土俵に上がる。同情の色が一切ない「痕」の悪口は、ムカつくけれど今までの直哉の周囲では絶対に言われたことのない新鮮さだった。

本格的ににらみ合っていると、はいはい、と蒼史が苦笑交じりに割り込んできた。直哉の耳元でこっそり告げる。

「栄田くん、流星群は、広い空の下での観測がいいですよ、ぜひ庭にシートを広げて寝転んで見ましょう。あれはとても美しいですから、その方がよっぽど楽しめます」

そして少し憐憫《れんびん》を含んだ表情で高峰を見つめた。

「高峰くんは残念ですが、今年の極大期は諦《あきら》めてもらいましょう。ああかわいそうに、あの美しさを全天眺められる場所で見られないなんて」

蒼史にそう言われると、なんだか本当にかわいそうな気がしてきた。

「なんかごめんな高峰さん。当日はどうぞごゆっくり」

「すげェムカつくなあんたら！　さっきまで先輩とこいつが師匠と弟子だなんてありえねえって思ってたけど、もうわかったわ。滅茶苦茶似てんじゃねえか！」

くそ、と吐き捨てて高峰は夕暮れ時の空を見上げた。

そろそろ宵の明星が望遠鏡に入るころだ。

「まあでも貸してくれるんなら助かります、先輩。これで彼女にも胸を張ってプロポーズできるっす。そしたら教授にちゃんと挨拶《あいさつ》行かねェと……」

「なぜ教授に?」

備え付けの機械の画面で、金星の角度を確認していた蒼史が顔を上げた。

「おれの彼女、教授の孫の朱音《あかね》さんなんすよ!」

※

人生とはままならないものである。

「……まさか高峰くんの彼女が井津先生のお孫さんなんて、そんなこと……!」

夜八時。半月期の月面に、太陽から来る光の関係で『X』の形が浮かぶ天体ショー、通称『月面X』の観測を行っていた直哉は、観測塔のクッションに縮こまるように膝《ひざ》を抱えている蒼史を振り返った。

「蒼史さん、あと三十分で終わるけど、見る?」

「どうしよう、どうしたらいいんですか」

望遠鏡に食いつかないとなると、かなり深刻そうである。

無理もない。蒼史がすすめられた見合いの相手こそ、教授の孫である井津朱音なのである。

数枚写真を撮って観察を終了した直哉は、蒼史の横のクッションに腰を下ろした。

「仕方ないって。だって高峰さん、お孫さんと付き合ってますって教授先生に言ってなかったんだろ」

「ええ。先生は何と言いますか、非常にお孫さんに過保護というか……ありていに言えば孫馬鹿《ばか》なんです」

どうやら、今回の件も孫の朱音が誰かと付き合っているという話をどこかで拾ってきて、腹に据《す》えかねたらしいのだ。曰《いわ》く「どこの阿呆《あほ》ともわからぬものにくれてやるぐらいなら、お前の方がまだマシだ、顔が」というようなことだ。

理解はできるが現金なものである。

「教授先生に言えばいいんじゃねえの？」

「だけどそれで……高峰くんや朱音さんが傷つくようなことがあれば困りますし。それにそういうことは、きっと自分で言うべきだと思うのです」

蒼史がポケットに突っ込んでいたスマートフォンを取り出した。明日の天気を確認している。蒼史のスマートフォンの画面には、膨大な数の天気に関するアプリが入っていた。気温や湿度、晴れか雨かはもちろん、雨雲レーダーに日の出日の入り、月齢の計算から太陽の黒点周期まで多彩にわたっている。

「明日は夜中雨ですから、手紙が出せます。……コガネの意見も聞いてみます」

直哉の心臓が一度大きく跳ねた。

コガネ。

あの日コガネを見たことを、直哉はまだ蒼史に言えないでいる。

言い出すきっかけがなかっただけなのだが、何となくここまで引っ張ってしまった。

——コガネと蒼史は似ている。最近よりそう思うようになった。

星と互い以外への興味が極端に薄いように思えることだ。互いに、互いの友人の話をほとんどしない。

あの日コガネを見て実在することはわかった。けれど理解できたのは輪郭《りんかく》だけだ。

何を考えて桜月に、蒼史をあまり他人と関わらせるなと、そういう意図を告げたのだろう。

結局たどり着くところはいつも同じなのだ。

――コガネは何者なのだろう。

「結局、コガネは何だって？」

「手紙の中でものすごく笑っていました」

ペルセウス座流星群の観測会を次の日に控えた夜。受験勉強の合間に、蒼史がコガネの手紙を手に唇を尖《とが》らせてふてくされていた。

「――『……井津先生の推薦なら、いっそ結婚して後輩の高峰とやらに見せつけてやれば面白いのに』……確かに、その線も面白そうだな」

「冗談じゃないですよ。コガネも栄田くんも他人事だと思って」

コガネもそういう冗談を言うのだと、驚いたことは伏せておく。

『井津教授』にはずいぶん信頼があるのだろう。蒼史ならきちんと断ることができるし、井津が蒼史に不利益を与えるとは思ってない。そういう、信頼のこもった文面だった。

『蒼史の言っていた論文を読んだ。面白い理論だったが、いくつか気になる点もある』

――蒼史と同じぐらいの、宇宙物理学の知識も持っている。先代の友人だったのだから、当然だろうか。

『この間の周極星《しゅうきょくせい》の絵本の件はとても面白かった。だけどオリオンは、北極星《ほっきょくせい》の正体にもう少し早く気づいてもよかったのにな。お前の弟子のくせに情けなくないか？』

──余計なお世話である。だが、弟子というのはコガネも一応は認めてくれたようだ。

蒼史が折に触れ直哉のことを書くからだろう。最初に感じた漠然《ばくぜん》とした敵意は感じない。

こうして手紙を見せてもらっていると、輪郭だけだったコガネの内面が、ゆっくり色づいていくようだった。

『桜月が笑ってくれるようになってよかったな。だけどおれは、まだお前に、お前の事情を知らないものが深入りするのは少し不安だ。桜月とよく話し合ってくれ』

──しぶしぶ、といった体《てい》だ。ただ、蒼史のことが心配だとそういう風であった。親のように叱《しか》りつけるのでもなく押しつけるのでもなく、ただ心配なのだと告げている。

直哉が思っているより柔らかな人間なのかもしれない。

『この間送ってくれた星の写真は、とてもよかった』

そこから先は、ずっと星の話だった。

この間の写真がよかった。やっぱりあの星はきれいだった。色が何色なのはこういう理由からだと思う。

やっぱり星は美しい。きれいだ。

やはりそこは蒼史にひどく似ている。蒼史と同じように空を眺め、星の美しさについての膨大な知識と理解不能な数式を頭の中で走らせているのが、容易に想像がついた。

『ペルセウス座流星群の話を待っている。蒼史の「星の美しさ」を聞かせてくれ。写真も欲しい。頼む——星が見られないおれのために』

雨の夜に空を見上げていた、あの姿を思い出した。

切なさの滲《にじ》み出る黒い傘の内側で、コガネは見えない星を見上げていたのだろうか。

「この、『星が見られない』っていうのはどういうことなんだ？　だから、蒼史さんは写真を入れてたのか？」

「写真を入れるのは先代からのならいです。コガネはどうしてかよく『星が見られない』と言うのです。病気で視力が出づらいとか、そういうことなのかもしれません」

「コガネとこんなに手紙を交わしてるのに、聞いたことないのか？　気にならない？」

「気になりますが、別段どうしても知りたいというほどではありません」

蒼史はいつもの笑みを浮かべたまま、直哉の手から手紙を抜いて封筒にしまった。

「ぼくとコガネは友人同士で、星が好きで星の話ができます。ぼくにはそれで十分ですよ」

そうだった。このひとはそういうひとだ。

蒼史は直哉のことだって、何も聞かなかった。ただ、星が好きになってほしいと言われただけだ。

だからこそ直哉は、自分が息をつける場所を見つけることができたのだ。

コガネもそうなのかもしれない。

どこかで窒息《ちっそく》しそうになってあえいでいる――いつかの直哉みたいなひとかもしれないのだ。

※

八月中旬の日曜日。

降織天文館では『ペルセウス座流星群観測会』が行われることになった。

基本は芝生を開放して自由に空を見上げてもらう仕様だ。

簡単なパンフレットを配り、庭に並べた机にはポットやペットボトルと紙コップが置いてあって、インスタントコーヒーやジュースはおかわり自由である。

段取りはすべて蒼史の講義の学生たちで、朝から必要なものを運び入れてはあちこち駆け回っていた。

準備を整えて階下に降りると、玄関ホールには数人の客と案内役の大学生たちがいた。

ほかにもプラネタリウムに客を呼び込んでいる者や、展示品を案内する役の学生も散っている。

「ずいぶんな大事《おおごと》になってしまいましたねえ」

蒼史がやや疲れた風に言った。

天文館の中は見たこともないほど賑《にぎ》やかになっている。

——最初、桜月の友人と近所の小学生の何人かだけを呼んでささやかに行うはずだった観測会だ。

提案したのは直哉だった。どうすれば桜月が心置きなく家に友人を連れてこられるのか。蒼史と桜月の間にあったわだかまりは解けたとはいえ、距離はゆっくりと縮まっている最中だ。

我が儘《まま》を言うにも遠慮のある桜月が、蒼史に気がねなく友だちを紹介できる場。それでいて、小学生の喜ぶ話題など提供できないだろう蒼史との会話が不自然にならないように。

それが、小学生向けの『ペルセウス座流星群観測会』だ。

これには、桜月も喜んだ。

ついでに学生たちの課題実習も兼ねたいと蒼史が提案した。

蒼史の受け持つ講義の中に、学芸員資格の取得に関わる項目がある。夏季休暇中に実務的な課題が必要だったので、『科学館のイベント企画』という課題の形をとったのだ。

「これで手伝ってくれる人員も確保できますし、ぼくは課題の評価が一回で済みます。星を見る時間を減らすことなく夏休みを過ごせますね……！」

意外と強《したた》かな蒼史の考えだが、それは甘いだろうな、と直哉は薄々思っていた。

高峰から聞いた蒼史の学内評判を思えば、さもありなん。

講義をとっていた学生が友人たちに自慢したことから、状況は直哉が危惧《きぐ》した通りの方向に転がった。

結果が、これである。

蒼史の講義をとれなかった学生たちが、ここぞとばかりに押しかけてきたのだ。

「今まで来なかったことの方が不思議だよな」

そうぼやいた直哉に、桜月が遠い目をして言ったのは記憶に新しい。

「蒼史くん、天文館のこと学校で言ってなかったんだ。これからきっと忙しくなるねえ」

「あの顔目当てに来るやつが増えるってことか」

「蒼史くんてば、星が好きってさえ言えば誰彼構わずきらきら笑うでしょ。いつか変な女の餌食《えじき》にならないか、わたしすごく心配なの」

小学生にため息交じりに恋愛事情を心配される始末である。だが弟子としても同感だ。

「おれらで気をつけてこうな、桜月ちゃん」

「わたし、直哉くんが弟子になってくれて本当助かったよ。万一の時はその顔のオリオン座で威嚇《いかく》してね」

不良だとか好き勝手言われてきたけれど、番犬扱いは初めてだ。直哉は苦笑して、桜月とがっしり手を握り合わせた。

客の中には、直哉が見知った顔もあった。

「……受験の息抜きだから」

困ったような顔をして挨拶に来たのは、学校帰りの鳴坂《なるさか》で、相変わらずこれから塾だという。疲れた鳴坂の顔は、けれど最初に会った時よりはずいぶんとすっきりしていた。

「ゆっくりしていけよ」

「できるかぎりね」

それから、父親の手を握って空を見上げている輝《ひかる》も見つけた。父親がスーツではなくてゆったりした私服だったのにほっとした。

直哉はといえば、美貌《びぼう》の講師『蒼史先生』の弟子として、大変注目を集めた。

特に女子学生からは質問攻めである。先生は何が好きなの？　プライベートでは、どんな服を着ているの？　休日は何をしているの？　好きな食べ物は？

直哉の顔の火傷《やけど》の痕に一瞬瞠目するものの、『蒼史先生の弟子』たる肩書きの前では――つまり、降織蒼史の貴重な情報源の前では――直哉の過去も見た目もどうでもいいらしい。

つくづく、今まで傷痕で卑屈になっていた自分が馬鹿馬鹿しい気持ちになる。

「蒼史先生、見つけた！」

明るい声が蒼史を呼び止めた。揃って振り返る。長い黒髪を一つにまとめた気の強そうな女子学生だ。

「チェックポイント、全部準備整いました」

「ありがとうございます。ぼくは用事で抜けますが、朱音さんが中心になって回してください」

「もちろん任せてください！　っていっても、あたしも九時には抜けちゃうんですけど」

彼女こそ、井津教授の孫娘で高峰の恋人である、井津朱音だ。学部四年生、すでに来年院へ進むことが決まっている。

闊達《かったつ》な女性で、顔が日焼けしているのも気にしていない。化粧やおしゃれよりも研究に没頭してしまうタイプなのだろう。姉御《あねご》肌なのもあって、蒼史の講義を受けている学生たちからもよく慕われているようだった。

「高峰先輩が無理言ったみたいですいません。もうあいつ、自信満々に観測塔は貸し切った、なんてドヤ顔して。あたしたちの蒼史先生に迷惑かけるなんて信じられない、受講生全員に白い目で見られるがいいんだわ」

頬を膨らませて細い腕を組んだ。小さめの白いTシャツはロゴが形を変えるほどの豊満な胸を覆《おお》い隠している。小柄な朱音を見下ろす形になる直哉は、視線のやり場にいちいち困るのだ。

「ぼくは気にしていませんよ。せっかくですから、二人でゆっくり過ごしてください」

「いいんですよ別に。ゆっくりったって、あたしも高峰先輩もどうせすぐ星に夢中になっちゃうんだから」

そうは言うものの、少しつりあがった口の端に本心が滲み出ている。照れるのを見るならやっぱり女の子だと再確認。

「では八時になったら始めてください。朱音さんは、八時四十分ぐらいになったらもう抜けて、塔へ上がってくださいね」

朱音は片手を上げて走り去っていった。

「じゃあおれは、高峰さんとこ行ってくる」

「ええ。計画通りにお願いします」

計画は整った。あとは、万事うまくいくことを祈るのみだ。

※

ペルセウス座流星群は、八月の初めからぽつぽつと流れ星を降らせ始める。母天体『スイフト・タットル彗星《すいせい》』がまき散らす細かな氷や塵《ちり》が、年に一度地球に近づき、大気圏《たいきけん》で燃える様が流星群と呼ばれるのだ。

流星群が本格的に降り注ぐ夜九時過ぎまでの間、学生有志主催による小さなゲーム大会が開かれていた。

「――『小学生でも大人でも楽しめるゲームで、もっと星のことを知ってもらおう！　題して、〝ペルセウス・ゲーム〟……ということです」

「もっと楽しそうに言えよ、棒読みやめろ、顔が怖《こえ》ェよ」

二つ折りのパンフレットでべしんと頭を叩かれる。

高峰は直哉のことを腫《は》れもの扱いしない。火傷の痕のことも直哉の目つきの悪さも、平気で軽口にも冗談にもまぜてくる。蒼史のような許容とはまた別の居心地のよさがあって、直哉は口で言うほど、この高峰という先輩が嫌いではなかった。

そもそも、高峰は面倒見がいい。

気がつくと迷子の小学生が足元に群れているし、女子学生たちにも――恋愛対象からは遠いようだが――兄のように慕われている。

その恩恵は、直哉にも例外ではなかった。

忘れてた、と直哉に分厚いコピー用紙が詰め込まれた紙袋を押しつける。

「うちの過去問。学生部にあるだけコピーしてきてやったから。これで落ちたらぶっ殺す」

「……どうも。絶対《ぜって》ェ受かるんで」

紙袋を受け取って、そっぽを向いたまま礼を言った。けれど、口元が少しばかり緩《ゆる》んでしまうのはどうしようもない。これはますます不合格とはいかなくなった。

「九時までなら付き合ってやる。朱音と観測塔で待ち合わせてんだ」

「朱音さんもその時間に抜けるって言ってました。さっき会いましたよ、滅茶苦茶かわいいっすね」

「だろ。やんねえからな」

「だったら教授先生に早く言った方がいいんじゃないすか」

「そうなんだけどなあー……」

高峰は両腕で頭を抱えてしまった。

「あのひとマジで孫馬鹿なんだよ。降織教授にも馬鹿にされてたぐらいで……」

――降織教授。直哉はまじまじと高峰を見つめた。

「高峰さん、先代の……降織教授のこと知ってるんすか？」

「おう。おれが学部にいたころはすでに退官されてたけど、井津教授のゼミに入ってから、卒論書くために何回か話を聞きにここに来てた」

「……井津教授と降織教授って仲が良かったんすね」

「旧友って聞いたけどな。井津教授はあの通り豪放磊落《ごうほうらいらく》だが、降織教授は品のいい爺《じい》さんで――蒼史先輩によく似てんなぁって思った覚えがあるよ」

含みのある表情で高峰がこちらを向いた。

「あのひと、隠すつもりもないみたいだから知ってるんだろ、弟子」

「……っす」

「おれが蒼史先輩の授業をとったのはもう『降織』になってからあとだけど、やっぱり噂《うわさ》になってたよ。ただでさえ目立つし、あのひと無茶苦茶頭良くて論文で賞とりまくってたから、前の苗字も外に知れ渡っちまってたし。学内外から興味本位でつつかれてた。降織教授はもう退官されてたから、ゼミは井津教授のゼミだったけど、学内では一人でいることが多かったんじゃないか。いつも研究室か図書館か、そうじゃなかったら大学の観測室にいたたな。

おれ、結構忘れられない出来事があってさ」

手持ち無沙汰にパンフレットを丸めながら、高峰は空を見上げた。

「あのひと、『お人形』って呼ばれてたことがあった」

そのころ、蒼史の噂を聞いたことのない人間はいなかっただろう。

――すっごく顔がきれいなの。二度見しちゃった。あれがウワサの『降織先輩』か。

――知ってる知ってる。笑うばっかりでマトモにしゃべってくれないんだって。

――前にしゃべった子がいて、自分の研究の話ばっかりするらしいよ？

――こっちは別に興味ないのに。それより写真撮らせてほしいよねぇ。

――教授の養子になったんでしょ？　学費も出してもらってるんだって。

――えーなにそれ。ちょっと怖いんだけど。教授センセーあの顔に騙《だま》されてる？

――やっぱり見てるだけぐらいが丁度いいのかなぁ。

――それって『お人形』さんみたいだね。

そのころ高峰は井津ゼミに顔を出し始めていた。

研究室で時々そのひとの姿を見かけた。なるほど、これが噂の張本人か。整った顔立ちに何もかもが繊細な輪郭。井津に頼み込んで、その先輩の卒業論文を読んだ。正確な分析に緻密《ちみつ》な理論、見た目からは想像もつかないほどの、激情ともいえる星への熱。

あの美しいひとの内側はこんなにも燃え盛っている。

学内では、良い噂も悪い噂も、所かまわず溢《あふ》れていた。高峰はその噂の輪の外側で、くだらないと笑った。

きっとこのひとの論文を読んだことがないのだろう。誰も本質を理解していない。

あの先輩はたいてい何を言われてもいつも穏やかに笑っていたけれど、一度だけ高峰は見た。二人で、井津教授の資料集めのために図書館で本を漁《あさ》っていた時だ。

――もともと施設育ちなんだろ。どうやって取り入ったんだか。

――いいよなァ。ほんとの家族でもないくせに、教授の息子なんてちょう金持ちじゃん。

通りかかった男子学生の言葉が、そのひとの表情をごっそりそぎ落とした。半ば伏せた瞼《まぶた》、長いまつ毛の影が彫りの深い顔に落ちる。蒼白の薄い唇が凍りついた。手から抱えていた本がこぼれ落ちる。

「おい！」

高峰が怒鳴りつけた男子学生が、蒼史の姿をとらえて気まずそうに逃げていった。

振り返った先で蒼史は、また笑っていた。

ああ、こわい。これは違う。

ほんとうに『お人形』のようだ。

散らばった本を集めて、何事もなかったかのように背を向けたそのひとを、高峰は追えなかった。

別の日に、屋上の観測室でそのひとに出会った。

その時にはもういつもの笑顔で、図書館のことなんてなかったことのようになっていた。

「……なんか、大変っすね」

空を見上げて手元のボードにペンを走らせながら、そのひとは困ったように笑った。

「……ぼくは、星のことを知りたくて、星の話がしたいだけなんですけどね。人のことはとても難しく思います」

そのまま浮き上がって空に吸い込まれそうで、背筋が震えた。

だめだ。引き留めなくてはいけない。

思わず言葉がこぼれ落ちた。

「あのっ、先輩と教授が親子になったって聞いて、おれは正直しっくりきました。降織教授と蒼史先輩、雰囲気もすごくそっくりなんで。ほんと、あのっ、マジで……本物の家族みたいっす！」

　そこで初めて、そのひとは高峰を見た。

　口元が笑っているのは生まれつき、だが――これが真実の笑みかと思うような、そんな微笑を高峰は初めて見たのだ。

「――そうですか」

　春の陽《ひ》のような笑みを見て、高峰は思ったのだ。

　このひとの視線を空から引きはがせる人が必要だ。


「だからおれ、蒼史先輩が弟子をとったって井津教授から聞いて、結構うれしかったんだぜ。それは井津教授も同じだと思う。お前には結構期待してる」

　高峰に笑いかけられて、ようやく直哉は自分が息を詰めて話に聞き入っていたことを自覚した。ひゅう、と喉《のど》が鳴る。一気に空気が入り込んできて小さくむせた。

「……おれは、そんな大層な人間じゃねえっす」

　顔にオリオンを飼うだけの、ただの普通の人間だ。

「おれが、星の話を聞くからっすよ。あのひと、星のことを話したい人だから」

「だからじゃねェの？　ほあ、あのひと、人との距離感っつーか、なんだろうな、おれたちと違う世界を見てるっていうか」

「浮世離れしてるってやつっすか」

「そう。それだろ。だから何だろうな、いつも一人って気がする。あのひとの傍《そば》でどっかに飛んでいかないように、地面に縫いつけておける人間が必要だと思うんだよ」

その段になって、直哉は初めてその考えを持つに至った。

蒼史は師匠で、星を教えてくれたひとで、居場所をくれたひとだ。

それならば自分が、あのひとのためにできることが何かあるだろうか――。

※

――二つ折りのパンフレットを開くと、いくつかのチェックポイントが記されていた。

天文館の一階と二階、芝生の計三カ所。それぞれ待機している学生と簡単なゲームをする。

それに勝利しながらポイントをコンプリートすると、景品がもらえることになっていた。

「『アンドロメダはいけにえにささげられました――あなたは助けだせますか？』なるほどな。ペルセウス座の神話にのっとってんのか」

さすがに天文学を学んでいるだけあって、それだけで高峰は得たり、とうなずいた。

チェックポイント一番は、二階のプラネタリウムだった。先ほどまで学生によるプラネタリウムが行われていたそこは、二十組ほどのゲームの参加者が、問題の紙を片手に部屋の中に用意された本をあれこれ探していた。

中央に出された簡易机の前で、数人の学生が手を振っている。

「高峰せんぱーい、お待ちしてました！」

「おう、お疲れ。蒼史先輩に差し入れ渡しといたから、あとでみんなで食えよ」

きゃあ、と笑い声がはじける。

高峰が簡単なクロスワードパズルに軽々正解すると、周囲の小学生からじっとりと『大人げない』視線が送られていた。辞書も百科事典も用意されているから、時間をかければ誰でも解ける問題だが、難易度は小学生には少し難しめで設定されている。

神話が書かれたカードをもらい、次のチェックポイント、一階ホールへ降りる。

「――『ギリシャのセリポス島に住んでいた青年ペルセウスは、王様に無理難題を押しつけられます。怪物であるゴルゴン三姉妹の一人、メデューサを打ち取ってこいと言われたのです。メデューサは蛇の髪を持ち、顔を見ると石になってしまうので、誰も倒せなかったのです。ペルセウスはピカピカに磨いた盾を鏡のように使い、無事メデューサを倒すことができたのでした』で、カードの図がメデューサの首、な。ガキは楽しいだろうな、こういうゲーム。ラスボスは『お化けクジラ』か？」

クジラレベルで済めばいいけどな、とはあえて言わない。

チェックポイント二番は、一階の玄関ホールにあった。広いホールには、小学生たちが手に手に大きなパネルを持って頭を突き合わせている。

問題は『流星群の写真あて』。たくさんの流星群写真からペルセウス座流星群をあてるゲームだが、天文を専攻している高峰にはさほど困難なものではない。

近くの小学生集団に絡まれながらも、丁寧にヒントを出している高峰は根っからの兄気質がここでも発揮されていた。

腕時計をちらりと見ると、少し時間を稼いだ方がいいタイミングでもあるので、丁度よかった。

涼しい顔でその様子を見守っていると、後ろから聞きなれた明るい声がした。

「――これはまず、天頂の星座が何座かを見つけるのがコツだよ」

「おお、桜月ちゃん」

「直哉くんだ！」

ぱっと顔を上げた桜月はいつもよりちょっといい服、ピンク色のワンピースを着ている。

問題パネルを持っている五人ばかりの小学生が、直哉の顔を見てぎょっとした。

「直哉くんは蒼……お兄ちゃんの一番弟子だよ！　顔は怖いけどいい人なの」

「……よろしく」

おずおずとうなずき返してくれた、女の子が四人。桜月が呼びたいと言っていた同じクラスの友だちなのだろう。

「蒼史さんには会ったか？　桜月ちゃんの友だちが来るって朝からそわそわしっぱなしだったぞ」

服にも一切無頓着《むとんちゃく》な蒼史が、何を着たらいいか迷っているのを直哉は初めて見た。

「さっきちゃんと紹介したよ。……ちゃんと言った。本当のお兄ちゃんじゃないけど、大事な家族だって」

桜月はどこか吹っ切れたように明るく笑った。

「みんな、そうかって言ってくれた。蒼史くんもすごくうれしそうで……」

「よかったな」

「うん。いつもみたいにきらきらに笑うから、結子《ゆいこ》ちゃんとか凛《りん》ちゃんとか、すごいイケメンでうらやましーってさ。写真いっぱい撮ってた。学校で有名になっちゃうかもね、蒼史くん」

「女子大生だけじゃなくて女子小学生も殺到しそうだな、天文館」

顔を見合わせる。そうなったらますます弟子の仕事が増えそうだ。

「──おい、降織」

呼ばれて、桜月が振り返った。

「あれ、藤木《ふじき》くんだ、来てたの？」

体つきの少し大きな小学生だ。顔もなかなかきりっとしている。

「……ここ、お前んちだったのかよ」

藤木悠斗《ゆうと》、と名乗った。直哉の顔に一瞬驚いたようだったけれど、挑むように一歩前に踏み出す度胸もある。

「自由研究、終わらないから来た。お前んちだって知ってたら来なかったけどなっ」

「じゃあ帰ればいいのに」

あれは嘘《うそ》だな、と直哉の勘が告げる。ちらりと桜月を片目でうかがっているのを見てしまった。微笑《ほほえ》ましいな。

「るっさいな。お前、あれだろ。兄貴いるんだろ。さっき見かけたぞ」

「かっこよかったでしょ！　蒼史くんだよ」

「……別に。フツー」

悠斗が桜月のことが気になっているのは間違いなさそうだった。前途多難だ。なにせ兄貴のあの顔面が相手だ。

桜月が年相応にテレビのアイドルを見て「かっこいいね」と言ったところを見たことがない。試しに聞いてみたところ「蒼史くんの方がイケメンだもん」と言うのだから、将来あの子とお付き合いを考えている男性には大変残酷な話だ。

「なあ、問題解けるのか。おれたちも、一緒にやってもいいぜ」

視線の泳いだ小学生男子の渾身の誘いに、直哉は思わず両こぶしを握って息をのんだ。気分はすっかり観戦である。

「別にわたしたちだけで大丈夫だよ。男子は男子で頑張れば？」

「っ、うるっせえ。もう誘ってやんねえしな！」

結局悠斗は、一緒に来たほかの小学生のグループのところへ戻っていってしまった。あちらは男子四人の組み合わせだ。

「男子ってほんとワケわかんないよねー」

「ねー！」

女子というのは、幼くても残酷な生き物のようだった。なんだか大人社会の縮図を見たような気もして、直哉はそっとため息をつく。

けれど、こういう輪にいると、桜月も普通の小学生のようで、やっぱりほっとしてしまうのだ。

※

八時四十五分。

腕時計を見て頃合いだと判断した直哉は、高峰を外の芝生へ連れ出した。

「──『空を駆けるペルセウスは、足の下に広がる海でとんでもないものを見つけてしまいました。それは、海に突き出た岩に縛りつけられたアンドロメダです。さあ、ペルセウスとアンドロメダの運命やいかに！』盛り上がってきたな、次はお化けクジラか！」

意気込む高峰の腕を引っ張って、最終ステージ『お化けクジラとのトランプ対決』のテーブルを通り過ぎる。小学生たちがクジラの被り物をかぶった大学生たちとトランプゲームで対決する第三チェックポイントだ。

「おい、『クジラ』あっちだろ」

「高峰さんはこっちです。あとこれ、先に景品渡しときますんで」

小さなメダル風の缶バッチを高峰のシャツにつけた。ギリシャの英雄ペルセウスが描かれたそれが、ゲームクリアの証《あかし》だ。

「これであんたもペルセウスです」

「雑だな。おれの賞品これだけかよ。つーか、まだクジラと対決してねえんだけど」

「高峰さんのラスボスはこっちっすから」

レンガ造りの観測塔の、扉の前。

直哉がぴたりと足を止める。背後で高峰が息をのんだのがわかった。

「時間丁度です、栄田くん」

蒼史の柔らかな声。その両手は、車いすのハンドルをつかんでいた。

「……井津教授」

カラカラに乾いた、高峰の声が背後で聞こえた。

「おい弟子、どういうことだ」

「ペルセウス・ゲームだって言ったじゃないっすか。このひとがラスボスです」

ギリシャの青年ペルセウスは、試練を乗り越え英雄になった。

蒼史が高峰の後ろへやってきて、そっとその背を押した。

「君が英雄になる番です、高峰くん」

月光の下、眼光鋭い井津の視線に射抜かれて、高峰は完全に萎縮《いしゅく》しきっている。

「――話とは何だ、高峰」

地鳴りのように低い声が、井津の口から漏れた。当事者ではない直哉すら腰を折って謝ってしまいたくなる。その背後からおどろおどろしいものが溢れて見えるような気さえした。

高峰が助けを求めて右往左往するうちに、焦れた井津の方から切り込んだ。

「蒼史によれば、お前、うちの朱音と交際しているようだな」

「言っちゃったんすか、蒼史先輩！」

「先生、ぼくが言ったことは内緒にしてくださいって言ったのに」

むすっと唇を尖らせる蒼史の周りだけ、緊張感が霧散《むさん》する。

「朱音は、不器用で意地っ張りで気が強くて……だがわしのかわいい孫だ。幸せになってもらいたい。絶対にだ。わしが認めた男にしかやらん。貴様なんぞおよびでないわ、高峰！」

雷が落ちたようだった。

直哉も高峰と一緒に肩を跳ね上げた。大学に入ったらこのひとがおれの先生になるのか、おっかない。

「すいま、せ、ん……」

　完全に萎縮して視線を泳がせている高峰の脇腹を、直哉は肘《ひじ》でつついた。ここで謝ってどうするんだ。

「ちゃんと意気込み見せないと、高峰さん」

「意気込みったって……」

「朱音さんと結婚して家族になるんだろ。ここでビビってるようじゃ家族なんて無理だ。どんなにつらくても怖くても、向き合って話さなくちゃ家族にはなれないって、おれは蒼史さんと桜月ちゃんに教えてもらった。

　誰かじゃなくて、自分が幸せにするぐらいの意気込み見せてみろよ。あんた、アンドロメダを助けに来た、英雄ペルセウスだろ」

シャツに留めたバッジごと、高峰の胸をこぶしで叩いてやる。

あんたの勇気を見せてみろ。

高峰が泣きそうな顔で、両手のこぶしを握りしめた。

英雄は最後の敵に立ち向かう。肺に思い切り息を吸い込んだ。

「……おれが、絶対幸せにします。絶対です。約束します。だから、朱音さんとはおれが結婚します！」

「違《たが》えんな」

「……絶対、絶対に間違えません。絶対です」

子どものように絶対、と繰り返して鼻水をすする音。

「……もっと、早《はよ》う言いに来い」

井津の手が下げたままの高峰の頭をばしんと叩いた。指先だけで蒼史を呼んで、車いすを押させた。ドームへは、扉を開けて階段を上がればすぐだ。

九時、丁度。

英雄ペルセウスは、ようやく王女アンドロメダのもとへ行く権利を得たのである。

※

高峰が階段を駆け上がっていく音がした。

蒼史と顔を見合わせて、ほっと息をつく。うまくいってよかった。

「ご苦労様でした、栄田くん」

「丸く収まってよかった。これで蒼史さんの見合いもなくなったし、よかったな」

「朱音さんがずいぶん心配していました。高峰くんは意外とヘタレだし、先生に何も言えなかったらどうしようって」

井津がふん、と不機嫌そうに鼻を鳴らした。

「もう少しでそうなりそうだったがな。自分より年下の男に喝を入れられるなんぞ、やっぱり朱音をやるのはどうかと思い始めてきた」

まあまあ、と慌ててなだめにかかる二人を一瞥《いちべつ》した井津は、ようやく、その目じりにしわを刻んだ。口元が緩やかに笑みの形にほどける。見上げた先の観測塔では今頃、英雄ペルセウスがアンドロメダに戦いを挑んでいるに違いない。

「高峰も阿呆じゃな。あいつはいつも無駄にやかましいくせに、いざ自分のこととなると自信がない。わしが——このわしが助手にとりたて、講師の席を用意してまで学界に残らせたい意味をまるで理解しておらん」

井津に信頼されているのだ。それは素直にうらやましいと思う。

星と宇宙の世界で、将来を嘱望《しょくぼう》されている。

自分もいつかそうなりたい。井津教授や講師である蒼史に必要とされ、この空の下を居場所としたいのだ。

「許してしまった以上、あやつを今まで以上に扱《しご》かねばいかん。義理とはいえわしの孫になるのだから、半端なことはさせせん」

そして蒼史を見上げた。

「先代も——降織も、お前を家族に迎えた時に、きっとこのような気持ちだったのだな。そわそわするし、心が急《せ》く。だが悪くない。楽しく心が躍《おど》るようだ。あれをわしの孫婿《むこ》だと紹介できるのが、なんだろうな、誇り高い気分になる」

その時の蒼史の顔を、直哉はこれから一生忘れないと思う。

子どものような顔だった。うっすらと赤く上気した頰、うれしさを抑えきれないでむずむずと震える唇、揺れる瞳。

大事な物を褒められて喜ぶ子どもの顔だ。

「そうですか……降織教授もそうであったのなら、本当によかった」

※

空では、数分に一度糸のような流星が走る。そのたびに芝生では大人も子どもも歓声を上げた。

直哉は、観測塔にほど近い場所で井津と共に空を見上げていた。蒼史は芝生の真ん中を陣取って、周りに群がる女子大生と小学生相手に流星群について一席ぶっている。

漏れ聞こえてくる内容は到底一般人には理解の難しいものであったが、周りはあまり気にしていないようだった。

「蒼史は知識は豊富だが、いかんせん顔があぁだからな。講義をとっている学生のどれだけがまともに話を聞いているのやら、頭が痛くなる光景だな」

井津がぽろりと漏らした。

「蒼史さんは星の話を聞いてもらえてうれしそうですけどね」

直哉は、井津の車いすの前に回って腰を下ろした。

「よくここまで人が集まったな。先代のころはもっとひっそりしておったのに」

「嫌っすか？」

「いいや。ここは蒼史が継いだ、あやつの好きにすればよい。が、蒼史も賑やかさが度を過ぎることをあまり好かんはずじゃったがな」

「正直、ここまでになる予定じゃなかったんっす。桜月ちゃんの友だちと、近所の小学生とで流星群を観測するだけのはずだったんですけど」

蒼史が静寂《せいじゃく》を好む性質なのは直哉もなんとなく感じていた。静かなのが好きだ、というより夢中になっているところをあまり邪魔されたくないのだろう。直哉も蒼史がそうなっている時はむやみに声をかけることもないし、蒼史も直哉が本を読んだり勉強したりしている時に邪魔をしてくることはほとんどない。

意外と、自分と師匠は似通っているのかもしれない。

誰かといて居心地がいいと思うのは、互いの許容できる距離感が等しい時だ。自分とあのひとの距離感はよく似ている。

「大学での蒼史さんってどんな感じなんすか」

「学生のころから同じじゃ。暇があれば研究室か図書館におるし、パソコンの前で各国の天文台のデータを漁っておる。昼間でも外に出ればまず空を見上げておるし、口を開けば星の話よ」

「……その、蒼史さんの過去っつーか、本当の家族のことって知ってますか？」

井津がこちらを向いた。何かを探るように瞳がきゅう、と細くなる。何を知っているのだ、お前は。そう言われているような気がした。

おれは何も知らない。

おれは、見ただけだ。

「――おれ、コガネに会ったんです」

車いすがガタリと音を立てた。

「会ったのか……？」

「窓から見ただけっすけど。傘に隠れて顔も何もわからなかったんです。

手紙も見せてもらいました。蒼史さんと星のことばっかりで、ほかのことにはあんまり興味がない感じだった。だけど、桜月ちゃんはコガネと会ったと思うんだ。あまり蒼史さんを他人に関わらせるなと、言われたんだと思うんです。

井津教授はコガネを知ってるんすよね……おれ——……」

「——コガネのことが知りたいか？」

直哉は無言でうなずいた。

「コガネは先代のころからの友人よ。降織は蒼史と同じようにあれのことも気にかけていた。わしも何度か会ったよ。あれは蒼史のことになると過敏になる。

蒼史の周りが荒れておったことは知っておるか」

「はい」

「あの件でしばらく詮無《せんな》い噂が流れてな。多くはたわいないものだが、中には根も葉もないくだらんものもあった」

「……高峰さんから、ちょっとだけ聞きました。『お人形』とか、あと、降織教授とのことも、色々言われてた……と」

「そうか。あれも蒼史のことを案じておるからなあ。

降織も言っておったよ。『あれは、星を言語にして人と話すのだ』とな。星を挟んでしかひとと関われん。もとより興味が先んじて夢中になってしまう性質なのも要因の一つだろうが。


研究の才が生きたからいいものの、普通に世で生きていくには少々難しいだろうなあ」

井津が低い声で笑った。子どもを慈しむような親の顔に見える。

だが蒼史は人を惹《ひ》きつける。その容姿もさることながら、直哉も桜月も、鳴坂も輝も高峰も――井津も、その危うさと心地よさに惹かれるのだ。

「降織は、高峰風に言えば蒼史を地につなぎとめる一番太い柱だったように思う。孤児《こじ》だった蒼史にとっての唯一の親になったのだからな。

あのころ降織は退官しておったからな、学内の詮無い噂に蒼史は一人で耐えておった。ずいぶんつらかったようでな、コガネはそのことを知っておる。それで、また蒼史が傷つくのを恐れておったよ。

――蒼史はまだ癒《い》えておらんからと」

時系列が歪《ゆが》んでいることに直哉は気がついていた。

蒼史が「癒えていなかった」のは今もだが、学生時代噂にさいなまれた「その時」もだ。それまでにも蒼史が「癒えない何か」を抱え込んでいた。

井津は、それを示唆《しさ》している。

そこまで示して、あえてその先を今口にしないのは、井津の口から語られてはいけないことだからだろうか。

降織教授と蒼史のこと。蒼史の、消えた十四歳までの記憶に関係があるのだろうか。コガネも、蒼史に何があったかを知っている。

コガネは何者だ。

その答えを、直哉はずっと考えている。

「……コガネって、蒼史さんの本当の家族なんじゃないかと思ってるんすけど」

「ほう、なぜじゃ」

井津が瞠目した。

蒼史の過去の話を少し聞いてから、ずうっと考えていたことを直哉は口にした。

コガネは降織教授の友人だが、年かさの老人ではない。

あの雨の日に見たコガネは、そういえば背格好も蒼史に似ていたのではないか。

井津が、今言ったことも引っかかる。降織教授は、蒼史と同じようにコガネも気にかけていた。コガネは蒼史と同列に置かれる人間だ。

それから、いつだったか蒼史は言った。

——誰かと二人で、ずっと星を見上げていたのです。

兄弟がいたのではないかと言ったのは、蒼史自身だ。両親がどうなったか、その兄弟がどうなったのか蒼史は知らない。だが、その記憶だけが残っている。

「思えば、おれの友だちが、蒼史さんを雨の夜の公園で見たって言った時があるんです。〝感情がないみたいだ〟って言ってました。

だけど蒼史さんは、あの日公園になんて行っていないと言った」

鳴坂が鍵を捨てた時のことだ。桜月に怒られたくなくて、嘘をついているのだと思った。

「その時、探し物を見つけてきたのがコガネだったから、友だちが見たのはもしかしたらコガネじゃないかと思った。顔が似ていて若いのなら兄弟なんじゃないか」

もしそうなら、どうして言わないのだろうか。蒼史はただの友人だと思っている。

顔を見せてやればいいのに。

井津は直哉の話を咀嚼《そしゃく》するように何度かうなずいて、やがてゆっくりと口を開いた。

「……そうじゃな。あれは蒼史の家族じゃ。だが蒼史に会うこともそれを知らせることもコガネは望んでおらん。弟子も、蒼史には伏せておいてやってくれ」

「どうしてっすか。手紙を受け取れるほど近くにいるなら、顔ぐらい見せればいいのに」

「コガネが望んでおらんからじゃ」

身体の芯《しん》が震えるほどの、恫喝《どうかつ》に近かった。踏み込みすぎた。

唇を結んで、直哉は黙ってうなずいた。

「蒼史はまだ癒えておらん。じゃがこのままでもいかんと思うてな。見合いでもして嫁をもらえと思うておったのに。早う彼女の一人でもつくらんか」

「蒼史さんの彼女候補ならあそこに山程……」

直哉は芝生に視線を向けた。

――そこでは、不思議なことが起こっていた。

蒼史が一人で星降る空を眺めている。

周囲の誰もが遠巻きに囲っていて、写真を撮ることも話しかけることもしなかった。みんなとろけるような目で蒼史を見ていたはずなのに、今はただじっと、彼を邪魔しないように努めている。

流星雨《りゅうせいう》を見上げる蒼史を見つめているうちに、直哉は理解した。

背をそらし両腕を後ろにつき、顎《あご》を上げてじっと空を凝視している。薄い唇はほんの少し開き、目元はうれしそうにほころび――星の美しさに恍惚《こうこつ》としているように見えた。

いつもその背しか見ていなかったからわからなかったのだ。

望遠鏡の向こうの星を見る時、蒼史はきっとこういう顔をしている。

「……これは声かけらんねえわ。邪魔できねえって思う」

「あそこまで真摯《しんし》に星を見つめるやつも珍しいものだ」

あれが蒼史の居場所なのだ。

誰にも邪魔されない、ただ空を見上げ星を見つめてその美しさに感じ入る。何時間でもああやっているのだろう。頭の中で数式と論理が巡るのを楽しみながら。

「蒼史さんの彼女になる人は大変だろうな……」

直哉はぽつりとこぼした。

星を見つめるあの熱を帯びた瞳より、強い情熱があるとは思えない。自分の傍《かたわ》らにいるひとが、自分に向けるよりもずっと情熱的な瞳を空に向け続けるのに、耐えなくてはいけないのだ。

最初から勝ち目のないゲームなのだ。彼の視線はいつだってその空に注がれている。彼が焦がれるのはその空に浮かぶ星だけだ。

まったく、罪深いもんだな、と直哉は肩をすくめて笑っておいた。

※

どうやら高峰は、朱音にきちんと思いのたけを伝えることができたらしい。

後日、午後七時、開館と同時に菓子折り持参でやってきた高峰は、井津教授から話のすべてを聞いたらしかった。

「……朱音の見合い相手が蒼史さんだったかもしれねえって聞いて、心臓止まるかと思いました」

「ぼくこそ、お見合いの相手が君の彼女だと知って、胃が痛くなりました」

沈痛な面持ちで向き合っている二人に、直哉がインスタントのコーヒーを出す。観測塔の上で飲むコーヒーは格別だ。

「結構大々的な観測会になっちまったけど、その後客は増えたのか?」

直哉は首を横に振った。

そうなのだ、驚いたことにというべきか残念なことにというべきか、客足は今までとほとんど変わらなかった。桜月の友だちの小学生が、彼女に会いに来るぐらいだ。

「観測会の最後の方、蒼史さんほとんどずっと芝生で流星雨を見てただろ」

「途中からみんな遠巻きになってたヤツな。そりゃあそうなるわ」

「どうしてですか⁉ 途中からみんないなくなって誰も話を聞いてくれなくてどうしたのかと思っていたのです。流星群がとても美しくて、独り占めしてしまえそうでした」

誰も声をかけられなかったのだ。

あの瞬間、蒼史の周りは不可侵の領域だった。

「〝びっくりするほどきれいだったけど、ここにいる先生には声をかけられない。大学での、私たちに優しい先生の方がいい〟だってさ。帰り際に学生さんが言ってた」

「女子は怖《こえ》ェなあ……そういうのにものすげえ敏感だもんな」

高峰が自分で持ってきた菓子の包みをびりびりと破った。小袋に詰められたクッキーを開けてかじる。

結局、天文館の客は増えないままだ。「ここでは勝負にならない」と女子大生たちは実感したのだろう。

「高峰さん、おれにもクッキーください」

「やだよ。これ蒼史先輩へのお礼」

「は!?　おれだってヘタレなあんたの背ェ押してやったろ!?」

高級クッキーに伸ばした手をばしりと払われた。

「だから弟子にも礼をしてやる。出せ、模試の結果と過去問の自己採点」

直哉は瞠目した。勉強を見てくれるということか。

「数学と理系科目、英語は蒼史先輩の方ができるけど、現国と古典は壊滅的だろ。貸せ、見てやる」

「すぐ持ってきます」

直哉が背を向けた後ろで、蒼史が不満そうにぶつぶつとつぶやいていた。

「ぼくだって、受験国語ぐらい教えられます！　栄田くんはぼくの弟子ですからね」

「蒼史先輩には無理だって。わかってるよ。あんたの弟子を奪う気はないから」

「……ならいいのです。ぼくは星を見ます」

やや拗《す》ねた口調が聞こえたあと、ドームが動く音がした。

陽は暮れて、夏の星座は空高く、夜中に近づくにつれ秋の星座が上り始める。

さっさと勉強を片づけて、星を見よう。

直哉はドームの稼働音に胸を躍らせながら、階段を駆け下りた。

観測塔の上を振り返って思う。

おれはいつか、あのひとが星空へ吸い込まれてしまわないように、地上に結びつける人になれるだろうか。

アルビレオは見つからない

あの蒼史《そうし》にも嫌いな星があるというのは、ちょっとした発見だった。

「――蒼史さん、ちょっとあれ、調節して望遠鏡にいれてくれよ。はくちょう座のくちばしのところの星」

観測塔の望遠鏡のリモコンは、まだ直哉《なおや》には触らせてもらえない。

今夜蒼史は、大学を通じて手に入れたという新しい資料を読むのに夢中で、珍しく直哉が好きに観測することができた。資料に目を落とす蒼史にリモコンを握らせると、ほとんど上《うわ》の空といった状態で星をいれてくれる。十分観測するとまた次、といった風に、その夜は直哉にとって望遠鏡を独り占めできるまたとない機会だった。

八月の終わり。

ほとんど見つくしたと思っていた夏の星々の中で、それはいまだ一度も話題に上ったことのない星だった。

「……はくちょう座β《ベータ》星は三等星で、東京ではあまりきれいに見えない星ですよ。それよりはくちょう座でしたら、ほかの二つの星の方が明るくて見やすいと思います」

おや、と思った。蒼史が星を見なくていいと言ったのは初めてだ。

「あれ『アルビレオ』だろ。有名な二重連星だし、一度もちゃんと観測してないよな。夏の星座はもう終わる季節だし、おれ、できれば今夜見ておきたいんだけど」

星の本であればどれにも載っているお手本のような二重連星だ。

一つの星に見えるが、望遠鏡で見てみると、二つの星が連なって一つに見えているのである。全天の中で最も有名な二重連星がはくちょう座の『アルビレオ』だった。

蒼史が目を輝かせて食いついてきそうな星なのに、夏の星座の観察を始めてから、触れられてすらいなかったのは今考えればおかしい気もする。

「蒼史さんこの星嫌いなのか？」

「嫌い……というか、見ていてどうも落ち着かないというか……」

言葉を濁《にご》して眉をひそめた。こういう表情も珍しい。顔から柔らかさが抜けたからだろうか、一瞬別人のように見えた。

「二重連星は非常に興味深いですし、アルビレオは美しい星だとも思います。……ですが、昔からアルビレオを見ると胸が苦しくなるのです。どこか懐かしくて心安らぐような気もする……でも、なぜかつらくもあるのです」

そう言いながらも、蒼史は望遠鏡を操作してアルビレオをいれてくれた。青色と金色の連星で、はっきりと互いの違いがわかる。

蒼史はクッションに戻って資料をめくり始めてしまった。

だが集中していないのは、傍《はた》から見ていてもわかる。

全天にこれだけ星があるのだから、好きではない星もあるだろうし、嫌な思い出の一つや二つあるのかもしれない。その時はそれぐらいにしか思わなかった。

※

事の起こりは次の日。桜月《さつき》の夏休みもあと少しという頃合いだった。

夕方には晴れていた空は、九時を過ぎた時には星も見えないほどの雲に覆《おお》われてしまった。

書庫での勉強もひと段落つき、夜食でも作るかと立ち上がったところで、蒼史が自分でもやってみたいと言い出したのだ。

桜月も誘って、大きなカップを三つ用意した。そこに、卵を一つずつ割り入れてもらう。

「あぁ……」

隣から上がった悲しげな声でそちらを向くと、白身と黄身と殻《から》の混じった無残な卵の残《ざん》骸《がい》が、カップを外れてテーブルの上に広がっていた。

「卵一個無駄になっちゃったじゃない。このご時世、卵も安くないんだよ」

桜月から小学生らしからぬお叱《しか》りが飛ぶ。二度目の挑戦は成功したものの、その不器用さにはらはらする。観測塔ではミリ単位で望遠鏡を操るというのに、まるで別人のようだ。

砂糖を適当、牛乳を少し、ホットケーキミックスを多めに入れて混ぜる。全部目分量だが、よほど水っぽくならなければちゃんと膨らむ。

レンジに入れて一分。カップの上に盛り上がるほかほかのケーキから、ふわりと甘い匂いが漂った。フォークでつつくとしっとりとした生地が湯気を立てる。

「すごいですねえ……これならぼくでも一人でできるかもしれません」

「卵が無駄になるからやめといた方がいいんじゃないか」

直哉は椅子《いす》に座ったまま、足元にまとわりついてきたコルヴスを膝《ひざ》に抱え上げた。最近、この黒猫は蒼史よりも直哉に懐くようになった。夜食ついでに、頻繁《ひんぱん》にえさをやっているからかもしれない。

「ぼくの方にも来てください。ほら、ケーキあげますから、おいしいですから」

「コルヴスに人が食べるものあげないで」

ぴしゃりと叱りつけた桜月は、さっさと一つを食べきってしまうと、いそいそと立ち上がった。蒼史と同じで桜月も甘い物が好きなのだ。

「これ、ココアとか入れて作ったらおいしいかも」

ダイニングテーブルの椅子を引きずって食器棚へ向かう。ついでに冷蔵庫から卵を引っ張り出しているところをみると、もう一個作るつもりのようだ。

「桜月ちゃん、ココアは冬しか飲まないので上の棚です。ぼくがとりますよ」

立ち上がった蒼史にならって、直哉もそっちへ視線を振った時だ。椅子の上で棚に手を伸ばしていた桜月が、ぐらりと傾《かし》いだのが見えた。

咄嗟《とっさ》に椅子を蹴倒《けたお》して立ち上がる。蒼史の悲鳴じみた声が耳朶《じだ》を打った。

「――桜月ちゃん！」

キッチンにぶちまけられたココアパウダーと割れた卵のその真ん中に、桜月は腕を押さえて転がっていた。

※

桜月は左腕を骨折しただけで済んだ。右腕と足に打ち身と小さな擦り傷ができたものの、頭は打ってはいない。二週間もすれば固定している器具もとれるようだ。

けろりとして処置室から出てきた桜月はその途端に、跳びかかって抱きついてきた蒼史に圧迫されて、苦しげな声を上げていた。

「無事でよかったです、桜月ちゃん！」

「ありがとう。でも蒼史くんは直哉くんにお礼を言ってね。このままじゃお金も払えないところだよ」

「……うう、ごめんなさい」

念のためにと呼んだ救急車に付き添いとして飛び乗った蒼史は、財布も保険証もスマートフォンも置き去りにしていた。病院から連絡をもらった直哉が自転車で届けたのである。

「頭打ってなくてよかったよ。だけど新学期はしばらく大変だよな。左腕だから勉強はできるだろうけど」

「大変なのは学校だけじゃないと思うなあ……」

遠い目をしてつぶやく桜月の懸念は、もっともだった。

その時、直哉も蒼史も、降織《ふるおり》家の家事一切を桜月が取り仕切っていることを、すっかり忘れてしまっていたのである。

一晩あけて次の日の夕方、自転車で天文館へやってきた直哉は、三階へ上がってその惨状に絶句した。

「直哉くん、やっと来てくれた……」

桜月がリビングのソファにぐったりと横たわったまま顔を上げた。床のラグの上には絶望しきった蒼史が、両手で顔を覆って無言で転がっている。その傍《そば》でコルヴスが丸くなっていた。

すわ何事か。恐る恐るキッチンへ顔を出すと、シンクには食器が積まれ皿は何枚か割れていた。奥底の方に黒い塊《かたまり》が見える。扉が開けっ放しのレンジの内側が黒く焦げついていた。

「……大体想像つくけど、一応聞くな。どうしたんだ？」

「蒼史くんが張り切って料理してくれたの」

鍋に火をかけたまま本に没頭して、黒煙を上げ始めてから気がつく、といった風なのだ。洗い物をすれば皿を割り、片づけようとして掃除機を引っ張り出してきたはいいものの、塊を吸い込んでこわしてしまったところで、心が折れて床に転がったらしい。

「そうか……とりあえず片づけるわ」

一通りキッチンを片づけながら直哉は思案した。

これは早急になにか手を打たなくてはいけない。

桜月の腕が治るまでの二週間、コンビニやスーパーのお弁当ばかりでは、育ち盛りの桜月にはあまりよくないかもしれない。蒼史の方も放っておけば食べない性格だ。

「たまにコンビニは仕方ないけど、時々はちゃんとした料理がないとまずいよな」

直哉ができるのは、食べられればいいという所詮男飯である。しかもここ最近は甘いものに偏《かたよ》ってもいた。

どうしたものか。顎《あご》に手を当てて考える。

一つだけ、心当たりがあった。


次の日、直哉は天文館へ来るなり、蒼史と桜月をキッチンへ呼んだ。持ってきた包みをどんとテーブルの上に置く。三段のお重には、ぎっしりと手料理が詰め込まれていた。

「どうしたんですかこれ」

蒼史が目を丸くする。

「……母さんに頼んだ」

受験生で金もない直哉にできることは、限られている。

今朝、あのひとに頼みごとをした時は、その目がこぼれ落ちるのではないかというほどの驚きようだった。手短に桜月のことを話すと「そういうことはもっと前もって、早く言うものよ」とエプロンを脱ぎ捨ててスーパーへ走っていってしまった。

母に、そんな叱られ方をするのはいつぶりだっただろう。

心の奥の柔らかい部分をかき回されているような感じがした。口の端がむずむずとつりあがりそうになるのを必死の思いでこらえた。

「まさか三段重にぎっしり詰めてくれるとは思わなかったけどな。二人分には相当多いから、余ったら明日の朝ごはんにしてくれ。ちゃんと二人だって言ったんだけど」

食器棚から無事な皿を二枚出してテーブルに並べると、蒼史も桜月も怪訝《けげん》そうな顔で直哉を見上げていた。

「どうした？」

「これ、三人分ですよ」

皿を一枚追加した蒼史が、直哉をキッチンの椅子に座らせる。

――そこに至るまで、直哉は全く気がついていなかったのだ。

おにぎりもおかずもデザートも、すべて三の倍数で詰め込まれている。

最近和解したとはいえ、今までの習慣はそう変えられるものではない。直哉は相変わらずほとんど母の料理は食べなかったし、食事時に顔を合わせることも少なかった。

鮭のおにぎりに、甘めの卵焼き、赤いウインナー、小さいハンバーグ、甘くほろほろに煮たかぼちゃの煮つけ。全部、直哉が幼いころ好きだったおかずだ。

「……子どもじゃあるまいし」

幼かったおれがそれほどよかったかと、冷蔵庫の扉を乱暴に叩きつけたこともある。

けれど違うのだ。

母は幼い時の直哉の好みしか知らないのだ。今直哉が何が好物で、何が嫌いか、話すこともなかった。

「いただきます」

蒼史と桜月が丁寧に手を合わせて、弁当に手を付け始めた。

「栄田《さかえだ》くんのお母さんはお料理が上手ですねえ。ぼくは甘い卵焼きが好きなのです」

「わたしも。あと、かぼちゃも好き！　直哉くん、急がないとみんな食べちゃうよ！」

桜月が橙色《だいだい》のかぼちゃの煮つけを頰《ほお》張り、蒼史が箸《はし》先で卵焼きをほっくりと割って口に運ぶ中、直哉はためらうように、やっとその箸を伸ばした。

結局、卵焼きとおにぎり一つが精一杯だった。

胸がいっぱいで、こみ上げてくるものをこらえきれない。唇を嚙《か》んだ。そのあとはずっと、顔のオリオン座に掌《てのひら》をあててうつむいていた。

おれ、母さんの卵焼きが、一番好きだ――。

母の弁当はほぼ毎日用意されるようになった。

それから三日を経て、デザートに有名洋菓子店のプリンが添えられるようになった。首をかしげていた直哉だったが、父親が帰り際に買ってきては冷蔵庫に突っ込んでいるのを見た。

普段の父なら絶対に買ってこないような、きらきらとした包装紙のプリンだ。

こんなむずがゆい感情も悪くない。薄っぺらい意地やプライドで、この感情を見て見ぬふりをしていた自分が、愚《おろ》かしかったと今になって思う。

だからやっと決心した。

父と母の顔を見て飯を食うのも悪くない。

桜月の夏休みが終わり、新学期の始まったその日の夜。直哉は、天文館へ入り浸るようになって初めて、晴れの夜に家でごはんを食べることにした。

だが奇《く》しくも、事件はその日に起こったのだ――。

※

その日、夏の星座から秋の星座に移り変わるころで、惑星は土星が見やすい時期になっている。午後七時過ぎ。母が作るカレーの――これも直哉が幼いころに好きだったメニューだ――匂いをかぎながら机に向かっていると、スマートフォンが着信を告げた。

「――栄田くん！　桜月ちゃんを知りませんか⁉　学校から帰ってこないのです……！」

「まだ七時だし、外も結構明るいし。どっかで遊んでるんじゃないのか？」

片手はスマートフォン、もう片手は赤ペンを握って正解にマルを打っていく。

「今日、始業式が終わったすぐあとに病院の予約が入っていたんです。桜月ちゃんはそういう約束を破る子ではありませんし……学校に電話してもどうもはっきりしなくて。よく遊ぶ友だちの家にもいないみたいで、心当たりもないと……」

ペンを握っていた手を止めた。蒼史の声が、電話越しでも少し震えているのがわかった。

確かに、桜月が大切な用事をないがしろにするとは考えにくい。降織家の夕食は天文館の開館する前、大体六時過ぎ。今日は直哉の母の弁当がないから、桜月が出来合いで済ませると言っていたことも思い出した。

桜月が、蒼史との食事の約束を反故《ほご》にするとは、考えにくい。

嫌な予感がする。

「今からそっち行く。それから手分けして探そう」

「はい。入れ違いになると困りますから、君が来るまでは家にいます……」

ペンを放り出して自転車のカギを引っ摑《つか》んだ。あわただしく階段を駆け下りる音に、母が顔を出す。片手にお玉を持ったままだった。

「どうしたの、ナオ。もうすぐごはんよ」

「いつもの、天文館の子が家に帰ってきてないみたいなんだ。おれちょっと探してくる！

「……あの、飯はとっといてくれ、あとで食べるから！」

母が顔色を変えた。飛び出す寸前に呼び止められる。

「何かあったらすぐに電話しなさい。お父さんが帰ってきたら車も出してもらえるわ」

うなずいて飛び出した。

駆け込んだ天文館で、蒼史は電気もつけないまま、リビングのソファに膝を抱えてうずくまっていた。コルヴスがにゃあにゃあとまとわりついているのに、反応もない。

「桜月ちゃんは？」

首を緩《ゆる》やかに横に振った。泣いてはいないようだったが、顔色を失っている。

「あたりを探してみる。チャリ乗れるおれの方がいいから、蒼史さんはここで待機な。教授先生とか高峰《たかみね》さんとかに連絡頼む」

「変な人に連れていかれてしまったとか、どこかで怪我《けが》をして動けないとか……！」

一人でいる間にずいぶん考え詰めたのだろう。焦燥《しょうそう》に満ちた声が直哉の不安もかき回す。

「落ち着けよ、蒼史さん。きっと大丈夫だから。約束忘れてその辺で遊んでるだけだって。帰ってきたら叱ってやれよ」

桜月に限って、と思うがそれが一番平和なこともわかっている。焦る蒼史をソファに押し戻して、直哉は自転車のカギを手に天文館を飛び出した。

町中を自転車で駆けずり回った。

三鷹《みたか》駅から井《い》の頭《かしら》公園をぐるりと回り、桜月の通う小学校へ。天文館へ戻って連絡がないことを確認すると、公園の反対側へ向かう。

「――おい弟子《でし》！」

クラクションの音に呼び止められて振り返る。高峰が車の運転席の窓を開けて、手を振っていた。

「探してるけど見つかんねえ。そっちは？」

「おれもまだっす。広い道路はお願いしていいっすか？　おれ、ちょっと路地とか入ってみます」

「ちょっと待て、蒼史先輩は大丈夫そうか？」

何のことだ。直哉は眉をひそめた。高峰が窓からやや身を乗り出した。

「井津《いづ》教授が蒼史先輩をすごい心配してるんだ。だからおれ、弟子を探してたんだよ、ケータイ出ねえから。蒼史先輩は今家か？」

「すいません、チャリだったんで。蒼史さんなら家で待機してもらってます」

「あんまり一人にすんなってよ。学校の連中にも声かけてみるから、お前一回天文館に戻れ、先輩の傍にいた方がいい」

蒼史は焦燥に駆られてはいたけれど、取り乱すことはなかった。放っておいても大丈夫だと思う。桜月を探す方に人手を割《さ》くのが普通だ。

だが、直哉はうなずいた。井津の忠告に従った方がいい。あのペルセウス座流星群の夜に、井津と話したことを思い出した。

蒼史は「癒《い》えていない」。

不安があるなら、きっとそこだ。

天文館への近道である路地へ自転車の頭を向けた。夜空の星を見上げながら自転車をこいだ。

妙に目につくはくちょう座のくちばしの星。二重連星――アルビレオ。都会の空の中でかき消されそうに瞬《またた》いていた。

天文館に戻ると時刻は八時半を回っていた。ようやっと灯《とも》った電燈の下で、蒼史がスマートフォンを片手に呆然《ぼうぜん》と立ち尽くしていた。

「さ、栄田、くん……電話がありました。学校から」

「何て⁉」

思わず身を固くする。最悪の事態を想像した。

「桜月ちゃんやっぱり、学校にいるそうなんです」

「は⁉　え、本当か⁉　そうか、よかった……」

脱力して座り込みそうになった。何事もなくてよかった。ほっと胸をなでおろす。だが、蒼史の表情は硬いままだった。

「ですが、家には帰せないそうです」

「なんで？　怪我でもしてんのか⁉」

蒼史が、力なく首を横へ振った。では、なぜ。

「……ギャクタイの疑いがある、と」

「……はァ？」

蒼史が何を言っているのか理解できなかった。空気が漏れるような、あいまいな相槌《あいづち》が喉《のど》からこぼれる。

「ギャクタイって、子どもを殴ったりする、あれ？」

「……義理の兄、つまりぼくが桜月ちゃんを虐待《ぎゃくたい》している可能性があるので、彼女は家に帰せないと……」

固まりかけた思考が、何とか動きを取り戻し始めた。同時にふつふつと怒りがわく。

このひとが、あの子を殴る……だって？

だからあの子が帰ってこない。

そんな馬鹿《ばか》な話があるか——何かの間違いだ！
だが、事態は直哉が考えているよりよほど深刻であった。

※

放心したままの蒼史の代わりに、直哉がもう一度学校へ連絡した。しどろもどろになりながら事の経緯を聞くと、つまり桜月の怪我が発端らしい。

新学期の教室で桜月の怪我はやはり目立った。家のキッチンでの事故だったのだときちんと説明もしたそうだ。

だが、どういうわけかこれが拗《こじ》れた。

クラスの女の子が蒼史の写真を持っていた。天文館で行ったペルセウス座流星群の観測会の時のものだ。

「これ、桜月ちゃんのお兄さんだよね。めちゃくちゃカッコいいよね！」

学校の女子の間で何枚も出回っているそうだ。桜月の友だちが撮ったものを、気軽に回してしまった。

あの顔だ、小学生の女の子たちがこぞってきゃあきゃあともてはやすのは仕方がない。

そのうち友だちの誰かの悪気のない疑問がこぼれた。

「桜月ちゃんとお兄さん、全然似てないよね」

その場に桜月がいれば、きっと穏やかに真実を説明しただろう。両親がいない桜月の、義理の兄で、血はつながっていないけれどとても大切なのだと。自分の口で説明できない子ではない。

「──降織の兄ちゃんて、ほんとの兄ちゃんじゃないんだってさ」

桜月のクラスの生徒の一人に、親が保護者会代表だという子がいた。

藤木悠斗《ふじきゆうと》。

名前に聞き覚えがあると思ったら、ペルセウス座流星群の観測会に来ていたあの子どもだった。気の強そうな彼は、クラスでも中心になるような子だそうだ。

「降織、父さんも母さんもじいさんもいなくなって、あの兄ちゃんってのと二人暮らしなんだ。だけど、あの兄ちゃん、すげえイケメンだけどひどいやつなんだぜ」

悠斗は、桜月が蒼史に「いじめられている」に違いないと主張した。

「降織の兄ちゃん、あいつにごはん作らせたり洗濯も掃除もさせてるんだ。ひどいよな──あの怪我だってもしかしたら……」

桜月がスーパーで一人で買い物をしたり、洗濯や掃除もしていることは普段の話の中でみんなうっすら知っていることだった。小学生にとって、父親や母親が分担してやっていることで、自分たちが手を出すのは「お手伝い」の範疇《はんちゅう》だった。

桜月はそれを理由に遊びを断ることも多い――それはかわいそうだ、と誰かが言った。

桜月の友だちがちらりと見てしまった、腕や足の擦り傷や打ち身も間が悪かった。

悠斗は、持たせてもらったばかりの携帯電話で母親に電話をした。

うちのクラスに、家でいじめられている子がいる。その子はお兄さんと二人暮らしで親がいない。お兄さんは偽者でひどいことをされているみたいなんだ。今日、腕を折られて学校に来ている。たくさん殴られているかもしれない。

――おれが、あの子を助けてあげたい。

その幼い正義感が最後の引き金を引いた。

桜月は帰宅しようとしていたところを、先生に呼び止められた。最初は学校の保健室で少しだけ話を聞きたい、ということだった。

事情を知っていた担任が様子見を主張する中、悠斗の母親が児童相談所の職員を伴《ともな》ってやってきた。

「……桜月ちゃんは一生懸命、お兄さんは関係ないと主張しています」

電話口の向こうで、桜月の担任が疲れ切った声でそう言った。

「だったら……！」

「ですが、虐待を受けている子どもが親……保護者を庇《かば》うことはよくあることです。あの子の言葉をうのみにするわけにはいかないと……。相談所の方と話し合いの結果、桜月ちゃんの帰宅は避けた方がいいということになりました。まだ正式には決まっていませんが、このまま児童相談所の施設で一時保護という形になるかもしれません――」

そのあと、児童相談所の職員だという女が電話口に出て、今後のことをこまごま説明してくれた。

許可がなければしばらくは帰れないこと。蒼史と桜月の関係が戸籍上正しいものなのか、先代から蒼史が養子に入った件についても再調査が必要になるかもしれないということ。桜月の普段の生活において、彼女が大きく負担に感じていなかったか、怪我の原因も詳しく調べるということ。

そしてその女は最後に、取ってつけたような柔らかな口調で蒼史に代われと言った。

直哉が耳をそばだてて聞いている中で、何とかまともに受け答えをしている蒼史を相手に、そいつは言った。

「あなたにもカウンセリングが必要だと思います。ストレスが弱いものに向かって噴き出してしまうのは自然なことです。コントロールができるかどうかなんです。少しずつ覚えていけばいいんです。

義理の兄……親代わりというのは、まだ若いあなたにも大きな負担になっているのかもしれません。血がつながっていない子どもを、本当の家族のように愛《いと》おしむというのはとてもストレスのかかることです。

大丈夫です、あなたを責めたりしません。わたしたちはあなたの味方です」

電話口で叫びそうになって、咄嗟に嚙みしめた奥歯がギチリと音を立てた。

このひとがどれだけ桜月を愛おしんでいるかも知らないで。

桜月が、どれだけ蒼史を大切に思っているかも、知らないで——！

ここで怒っても状況は悪くなるばかりだ。その想いだけでなんとか堪えた。この件に関しては自分は完全な部外者だ。

連絡先だけ聞いて一度電話を切って、蒼史は息を吐いた。

「——井津先生に頼んだ方がいいかもしれません」

わずかに震えてはいるものの、まだ冷静だと言えるだろう。

「当事者のぼくが何を言っても桜月ちゃんは返してもらえないでしょう。井津先生は降織教授がぼくを引き取ってくれた経緯もご存じです。何より、社会的な信用がありますから」

蒼史の手が震えながらスマートフォンを操作しているのを見ながら、直哉は内心で膨れ上がる怒りをこらえきれずにいた。

「おれ、大嫌いだ。あの『わたしはなんでもわかってます』っていう感じ」

丁寧だけれど有無を言わせない物腰が気にさわる。

直哉にも嫌というほど覚えがある。散々言われてきた。

――お前のことはわかっている。だから正直に言ってくれ。

わかってるから、と口に出すのは、何もわかっていないのと同じだ。

最初から直哉はいつだって正直だった。信じなかったのはそっちで、わかろうとしなかったのもそっちだ。

なんだって最初に決めつけがある。君はこうだろうと決めつけて、本当にそうじゃないことは「嘘《うそ》をついているんだろう」と言う。

火傷《やけど》の痕《あと》、高い身長、お世辞にも穏やかとは言えない目つき。社交的に明るくふるまうことも苦手だった。だから「栄田直哉はこういう人間だ」と、括《くく》られた枠組みに息苦しさがつのった。

――蒼史はそうじゃなかった。直哉のことを、決めつけなかった。

地上で窒息《ちっそく》しそうになっていた直哉に、空を見上げながらただ手招いて、教えてくれた。

――ぼくは君に星を好きになってほしいのです。

――そうすれば、夜の空の下は全部、君のものになりますよ。

そうして、宇宙の鍵をくれたのだ。


星空と宇宙を自分の居場所にして、学問の中を自由に泳いできたこのひとは、今きちんと息ができているだろうか。

誰かが決めた降織蒼史の枠に押し込められて、苦しくあえいでいないだろうか。

「……栄田くん、井津先生が代わってほしいと……」

差し出された電話を受け取った。

向こう側から聞こえてきたのは、教授の怒鳴り声とそれをなだめる朱音《あかね》の声。一拍置いて高峰が出た。

「弟子か！　――ああもう、教授静かにしてくださいって！　ああ、悪い、話を聞いた教授がブチ切れて大変なんだ」

「聞こえてます。おれもキレそうっす」

「お前は落ち着け。その顔でキレたら洒落《しやれ》にならん。とりあえず話はわかった。今から小学校行ってくるから、嫌だろうけどそっちからも一本、あちらさんに電話頼む。うちの教授舐《な》めんなよ、いざとなったら弁護士を束で紹介してやる」

「できれば大事《おおごと》にならない方向性がいいっす」

「冗談だよ。降織教授からちゃんと後見人として一筆もらってるし、あらかじめ弁護士も立ててある。念のために桜月ちゃんの病院も寄って、あれは殴った怪我じゃないって証明書も持ってくから」

「……よろしくお願いします。あの、おれ蒼史さんと桜月ちゃんと結構一緒にいるから、証言とか必要なら呼んでください。滅茶苦茶仲いいってちゃんと言います」

「その顔に説得力ねェよばーか。未成年は大人しく待ってろ。それより——蒼史さんに気をつけてくれって教授が言ってる。待てよ、代わるから」

あいたっ、と高峰が叫んだのは、怒りを紛らわすために教授に一発叩かれでもしたのだろう。電話口に出た井津は、息を荒げながら怒り心頭といった具合だった。

「愚か者どもをすぐに成敗《せいばい》してくれるわ！　待っておれ弟子——お前は蒼史の傍におれ。本当であれば高峰か朱音をそちらへやるのだが、わしは一人で動けんし、病院へ行く者もいる。そちらは頼むぞ」

「おれは大丈夫っす。蒼史さんもまだ結構冷静です」

「ならばいい。万一蒼史の具合がおかしくなったらすぐに連絡を寄こせ。いいな」

わかりましたと言って電話を切った。

再びソファでうずくまってしまった蒼史を見下ろす。

「教授先生が何とかしてくれるみたいだから、しばらく待ってよう。なんか飲む？　おれコーヒー入れてくるけど」

「……ぼくも、いただきます」

熱いコーヒーに、思い立って蒼史の分にだけちいさなマシュマロをいくつか入れてやった。この間、夜食にマシュマロトーストを作った時に余ったものだ。

これだけ直哉が苦労しているのに、蒼史の体形はちっとも変わらない。

コーヒーに浮かんだマシュマロを見てほっと顔をほころばせた蒼史に、直哉の肩からもやっと力が抜けた。

スマートフォンで時間と着信だけを確認する。

コーヒーが半分なくなったころ、蒼史が唐突に口を開いた。

「桜月ちゃんと初めて会ったのは、あの子が一歳の時なんです。まだほんの赤ん坊でした」

「そうか」

蒼史の話を遮《さえぎ》らない程度に、小さく相槌を打った。顔は見ないようにした。誰かに話したくなることがあるのは、よくわかる。そういう時は余計なことを言わずに、黙った方がいい。

「……十八歳、栄田くんと同じ歳《とし》でぼくも降織教授に出会ったんです。その時は、桜月ちゃんの両親……教授の息子さんと奥さんもまだ健在でした」

蒼史にも、コルヴスを指先で撫《な》でてやるだけの余裕が戻ってきた。

「その時ぼくは施設から高校へ通っていて、大学へ進学したかったけれどお金がなくて、奨学金の申請をしていたところでした。どうも、もともとの性格的にあまり普通の仕事も向いていないようでしたから……」

「蒼史さんがサラリーマンやってるところ、想像できねえもん」

「コンビニやあちこちでアルバイトもしてみたのです。すぐに雇ってくれるのに、思っていたのと違う、とか別の方法の方が稼げるとか、色々言われました」

束《つか》の間《ま》、蒼史にいつものあの蜂蜜《はちみつ》のような笑顔が戻る。

「降織教授とは、大学のオープンキャンパスで出会いました。模擬講義を受けることができて、その時の講師だったのです。『星はなぜ輝くのか』という講義で、九十分夢中になって聞きました。その後研究室まで押しかけて……説明会をそっちのけで夜中まで教授を質問攻めにしました。

そんなに好きなら来るといいと言われたので、次の日、この天文館に来たのです。

初めて桜月ちゃんと会ったのもその日です。まだ彼女は一歳で、近くに住んでいたご両親と一緒に、おじいちゃんの家に遊びに来ていたんですね」

――それから、蒼史は天文館にのめりこんだ。施設の門限ぎりぎりまで入り浸り、外出届を出しては泊まるようになった。

昴泉《こうせん》大学を受けるように勧めたのは降織教授だった。

「弟子を探していたんだ、とその時言っていました。受験のお金だけは自分で出したのですが、入学金と学費は降織教授が出してくれました。あのひとがいたから、ぼくは星の勉強ができたんです。

高校を卒業してぼくは施設を出てここで下宿することになりました」

学問に比類なき才があるということは、すぐにわかった。その容姿も手伝って、蒼史はあっという間に学内の噂《うわさ》の的になった。

「ぼくは、中学も高校もあまり馴染《なじ》めませんでした。十四歳で目覚めて施設育ちで、色々と詮無《せんな》いことを言われるのがつらくて、ぼくがひとを避けていたのもあります。

毎日一人で星を眺めて過ごす日々だったのです。

嫌いではありませんでしたが……少し寂しくもありました。

そんなぼくに、教授は星の学問を教えてくれました。どうして美しいのか、なぜそれが証明できるのか。

教授の研究室のひとたちはみな星が好きで、ぼくと話をしてくれました。

なにより、毎日観測塔で、陽《ひ》が沈んでから昇るまで教授と話すことができたのです。

栄田くんのように、あの宇宙の鍵も何度も試しました。コルヴスはほんの子猫でしたが、ぜんぜんぼくに懐いてくれなくて……。

でも、覚えています。

初めて鍵が回って——ぼくの手で空を手に入れた日を」

堪《こた》えられない体験だった。空を手に入れる——あの感覚はほかにない。

四年後、稀《まれ》にみる才覚をほかならぬ研究の分野で発揮した蒼史は、院生として返済不要の奨学金を勝ち取った。卒業論文でその年の賞を総なめし、大学側からも半ば請《こ》われる形だった。

「その年、降織教授が退職されました。名誉教授として講義を設けると大学側が言ったのですが、彼はそれを断って自分の天文館で隠居生活をすると言い張りました。

その時教授がぼくに言ってくれたことを、一生忘れないと思っています。

——わたしは後をお前に頼むことにする。これで次代は安泰《あんたい》だ。蒼史、任せたよ。

ぼくの人生の中でその時が、一番誇らしかったのです」

蒼史の頬が上気してほんのり赤色を帯びていた。ずいぶんうれしかったのだろう。誇らしげに笑う様子が見えるようだった。

「院には一昨年まで四年間いました。その時所属していたゼミの教授が、降織教授の友人でもあった井津先生です。学部時代から講義もたくさん受けていましたし、研究会にも所属していましたから、ぼくは半分井津先生の弟子でもあります。三人で夜通し観測塔で議論を重ねたことも、たくさんあります」

院に入って二年目、蒼史が二十四歳の時、降織教授に不幸が訪れた。

息子夫婦、桜月の両親が事故で帰らぬ人となったのだ。降織教授は七歳になったばかりの桜月と一緒に暮らすことにした。

「——そのころ、教授にも病気が見つかりました。あまり芳《かんば》しくない様子でした。ぼくが博士課程に進むと決めた日——本格的に研究の道に進むと決めた日です。桜月ちゃんとぼくを書庫へ呼んで、教授は言いました」

——蒼史を息子にしようと思う。

「半分は桜月ちゃんのためだったと思います。桜月ちゃんが成人するまでもたないと思ったのでしょう。もう半分は……」

蒼史はそこで言葉を濁した。

直哉は急《せ》かさなかった。じっと黙って話を聞く。星は一朝一夕では何もわからない。ゆっくり、毎日毎日観察し、話を聞くように接してこそ初めてわかる。

それを毎日蒼史から、学んでいる。

「……たくさん考えました。ぼくが孤児だという同情とか、世間体とか、本当の息子を失った寂しさを埋めたいのではないか、とか。そういうことをたくさん考えて……三日後に結論を出しました。

ぼくは教授に――ちゃんと家族として愛したいと思われていたんだと。

それを教授に言った時に、ぼくは覚えている限り初めて……『お父さん』に頭を撫でてもらったんです。〝よくできました〟と、褒めてもらったのです」

親の記憶を持たない蒼史にとって、それがどれほどの経験だったか直哉には簡単に想像がつかない。蒼史の顔がこれ以上ないほど幸せだったと如実《にょじつ》に語っているから、そういうことなんだろう。

鼻の奥がつんと熱かった。目が潤《うる》んでいるのが自分でもわかる。

このひとが幸せだと思えることがあって、本当によかった。

「苗字が変わり、学校でも噂になったようです。つらかったような気もしますが、実は……なんだかあまり覚えていないのです。ぼくには星がありました。空を見上げていれば一日は過ぎましたし、家に帰れば降織教授と桜月ちゃんがいました。雨の日も鍵を回せば、星空はぼくのものでした。

それだけでよかったのです。

ぼくが卒業を迎える前に、降織教授は亡くなりました。次の年に院を卒業したぼくは、この天文館を引き継ぎました。講師として昴泉大学でゼミを持たないかと言われたのですが、桜月ちゃんが大きくなるまで待ってほしいと言っています。

桜月ちゃんと、たくさんの時間を一緒に過ごしたいのです。

教授のお葬式で、二人でそう約束しました。降織家の約束『第一条』です」

直哉が知る『降織家の約束』は、いつも二つ目からだった。

「第一条は、『蒼史と桜月は、一緒の楽しい時間を、たくさん過ごします』です。ほかの何を破っても……ぼくは、この約束だけは絶対に違《たが》えないと誓っています」

話が終わったあと、膝を抱えているのは直哉だった。絶対にこの顔を見られたくない。

「栄田くんと初めて会った時、『ぼくだ』と思いました」

顔を上げて、唐突なそのひとの笑顔に、息をするのを忘れた。

「ぼくは、降織教授のようになりたいとずっと思っています。いつか、『あの時のぼく』を見つけたら、ここが君の居場所だと手招くためにです。鍵を渡し、空を手に入れるあの瞬間を感じて、そして一緒に星の話をし、望遠鏡を取り合い、議論をぶつけ合うためにです」

くすり、と隣で蒼史が笑う気配がする。

「栄田くんは、いつかのぼくです。だから星を好きになってくれて本当にうれしいのです。何年か後《のち》に——ここで星を見てよかったとぼくのように誇らしく胸を張れるように、師匠として頑張らなくてはいけません。

ぼくは教授に次代を託されたのです」

このタイミングでその話をするなんて卑怯《ひきょう》だ。嗚咽《おえつ》をこらえただけ褒めてほしい。歯を食いしばった。こんな歪んだオリオンを見せたくない。

なあ、あんたは知っているだろうか。

おれも、いつかあんたみたいになりたいんだ。

窒息して死んでしまいそうな誰かに、星の下に居場所をつくってやれるようなひとになりたい。

教授にあこがれたあんたが、いつかの自分におれを選んだように。

おれもそう在《あ》りたい。

それから――。

直哉は高峰や井津の話を聞いてからずっと考えていたことをようやく心に決めた。

おれは、あんたが空に飛んでいかないように、ここにつなぎとめる一人になるよ。

「……大学に入って、卒業する時におれも胸を張れるようになる。それを、あんたは見届けてくれるんだろう」

「ええ。その時にはぼくもゼミや研究室を持っているかもしれません。院に上がるなら一番に迎え入れますよ」

「――約束な」

「ぼくと栄田くんの約束ですね。絶対に破れない約束が増えるというのは、幸せなことです」

ぐすりと鼻をすすったのは聞こえただろうか。

「あんたが、自分のことを名前で呼んでくれっていうのも、そういうことか?」

蒼史の講義を受けている学生たちも、高峰もみな蒼史のことを名前で呼ぶ。誰も降織先生と呼ばない。

「……栄田くんは、時々驚くほどひとのことを見ていますね。降織先生、降織教授と呼ばれるのは、ぼくにとってはまだ少し抵抗があります。まだ、あのひとの息子という自覚が薄いからかもしれません」

「違うだろ」

膝に埋めた顔を少しだけ蒼史の方にずらした。

「あんた、井津教授先生のこともずっと『先生』って呼んでる。一回も教授って呼んでない。あんたにとって『教授』は降織教授だけなんだろ……降織って呼ばれることに慣れてないとかじゃなくて……『降織教授』って響きが特別なんだ」

――それは、あんたにとって「おとうさん」という響きと同じなんじゃないのか。

家族を呼ぶ特別な呼び方なんだろ。

その顔を驚きの表情に染めて、やがて蒼史は唇を結んだ。ああ、泣くかな。そう思ったけれど、瞳に涙の膜が張っただけでついぞこぼれることはなかった。

蜂蜜のようなとろける笑み。

「……そう、かもしれません。自分でも今気がつきました。……最期まで『おとうさん』と呼べなかったのです」

「呼び方なんてどうでもいいと思う。あんたはちゃんと呼んでたと思うよ、先代のこと」

教授――降織教授。

大の男が二人、膝を抱えてソファにうずくまっている。コーヒーはすっかり冷めてしまった。

「……桜月ちゃんに会いたいです。早く」

「教授先生が何とかしてくれる」

「そろそろ夏の星座も見納めです。桜月ちゃんが帰ってきたら、三人で観測塔に上がりましょう」

蒼史から、久しぶりに星の話を聞いたような気がした。いつも通りだ、大丈夫。これで桜月さえ戻ってくれれば大丈夫だ――。

※

直哉が連絡待ちのスマートフォンの時計で午後十時を確認した直後だ。

ギンゴン、ギンゴンと聞き覚えのないチャイム音が鳴った。ずいぶんさびついた音だ。

「これ、ここのチャイムなのか。初めて聞いた」

「うちは門にチャイムがありませんし、開館している時は下も開けっ放しですから。鳴ることの方が珍しいです」

普段客が来た時のために、『観測塔にいます』や『二階のプラネタリウムにいます』と玄関にプレートが下げてある。客にそこまで来てもらうセルフスタイルなのだ。

ギンゴン、と音は止まらない。顔を見合わせて揃《そろ》って階下へ降りた。

「今日は開館を忘れていました……一階も閉めっ放しですね」

「仕方ないよ、色々あったし。高峰さんかもな、桜月ちゃんの件で」

「高峰くんならチャイムも鳴らさず入ってきますけどね」

首をかしげながら扉を開けた。

扉の前には、背筋をピンと伸ばし、きれいに化粧をした女性たちが立っていた。顔を出した直哉と蒼史を交互に見て、戸惑いの表情を浮かべる。直哉のオリオンと蒼史の顔を何度か視線が往復したあと、先頭の女性が蒼史の顔から目をそらして、聞こえるか聞こえないかの小さな声でつぶやいた。

「――まったく、何をして稼いでいるのだか」

直哉の頭は、その言葉の意図を正確に理解した。

「おいアンタ、何つった今」

「降織さん、お話よろしいでしょうか」

直哉を一笑に付して、彼女は蒼史を見上げた。母親と同じぐらいの歳だ。つややかな黒髪にゆるいパーマをあてて、真っ赤に塗った唇が印象的だった。

「わたしたちは、第二立宮《たちみや》小学校保護者の者です。わたしは代表の藤木と申します。降織桜月ちゃんの保護者の方とお話ししに参りました」

後ろの数人がスマートフォンを持っているところをみると、学校で出回ったという蒼史の写真でも見ているのだろう。

このひとは苦手だ。直哉は直感した。中学や高校の時の担任と似ている。瞳に同情の色を浮かべ、「わかっている」と言う人種だ。

人の好《い》い笑みを浮かべ、彼女は蒼史に会釈《えしゃく》した。

「突然妹さんとこのようなことになってしまい、ご心配のことと思います。同じ保護者として、少しお話ししたくて参りました。降織桜月ちゃんは、今学校で保護しています。無事ですから」

後ろの女性たちが一様にうなずくのが、どうにもだめだった。

「わたしは児童相談所のボランティアもしています。よろしければ降織さんのお力になれないかと思って……。

降織さんはまだお若いですし、それに失礼ながら子育てのご経験も浅くていらっしゃいます。――わかりますよ、わたしも悠斗が……息子が二歳や三歳のころ、とても苛々《いらいら》して何度も八つ当たりしそうになりました。あなたの気持ちはよくわかります」

蒼史は目を白黒させていた。話の展開に全くついていけていないようで、相槌も打てないでいる。

「ぼくは、桜月ちゃんを、殴ったり傷つけたり、していません」

やっと蒼史が、一言ひとこと区切るようにゆっくりと言った。

「わたしたちはあなたを助けに来たのです。あなたがやりたくてやったのではないこともわかっています。自分の気持ちを持てあましてどうしようもなくなって、手を上げてしまったのでしょう？」

「やっていません」

「まずは認めるところからです、降織さん」

一層優しく藤木が微笑《ほほえ》んだところで、部外者だからと我慢できる限界を超えた。

「やってないって言ってんだろ。何がわかってるって？」

「……見たところ、学生さんですか？」

ここで高校を退学になりました、と正直に言うほど直哉も馬鹿ではない。無言でうなずくと、彼女の目がまた同情の色に染まった。

「こういうことには、しかるべき組織や医者やカウンセラーのサポートが必要なの。あなたには少し難しいかもしれないけれど、今つらくても、絶対に降織さんのためになるのよ」

だから黙っていて。アイシャドウののった瞳に言外に告げられた。

「今は少し我慢しましょう、降織さん。桜月ちゃんと少し離れて、あなたが本当の家族になり、子どもに正しい愛を注ぐ訓練をすれば、また一緒に暮らすことができます」

「ぼくと桜月ちゃんは本当の家族です。そうあるように二人で努力してきました」

「ええ。桜月ちゃんも、あなたのことがとても大事だと言っていましたよ。だけど、幼いからわからないのです。今あの子が受けているのは、普通の親からは受けるべきではない行為です。それを愛情と思っている」

なんて不幸なことなの。あなたもあの子もかわいそうに。聞き分けのない子どもに、噛んで含めるように一言ひとこと、その女は言った。

「わたしたちは、あなたに、わたしたちのように子どもを正しく慈しむ親になってほしいのです。あなたを責めるためじゃなく、理解したくて来たのです」

嘘だ。つまりは蒼史を断罪しに来たのだ。

わたしたちが正しい親だとこのひとの前で胸を張りに来た。同情するふりをして、お前は間違っていると決めつけに来たのだ。

蒼史は桜月の本当の親でも兄でもない。家族になってたった数年、特殊な環境といえばそうだ。

それはこれまでの直哉と一緒だ。顔に傷痕がある。身体《からだ》が大きい、目つきが悪い。何かしているに違いない。

括られた決めつけと枠組みの中がどれだけ窮屈《きゅうくつ》か、直哉は身をもって知っている。

「ちが、違うんです。本当にやっていません。ぼくは……」

「蒼史さん無駄だよ。おれはよく知ってる。井津教授に任せよう。悪いけどおばさんたちも帰ってくれよ」

「栄田くん、大丈夫ですから。それよりちゃんと説明しないと……桜月ちゃんが、帰ってきません」

震える小さな声を何とか絞り出して、蒼史はまた前を向いた。

これ以上はだめだと、頭の隅《すみ》で警鐘《けいしょう》が鳴る。

「桜月ちゃんは相談所が預かります」

藤木の厳しい声が蒼史を貫いた。

「あなたたちはまだ、本当の家族ではありませんから」

嫌な予感がする。先ほどまで感情を持って揺らいでいた蒼史の瞳がゆっくりと光を失っている。温度をなくして、作り物に近づいていっているような気さえした。

桜月のことで、蒼史の中に溜まっている何かが溢《あふ》れそうになっている。

「ぼくたちはつたないながらも、きちんと二人で家族としてやっています。ぼくに足りない部分は桜月ちゃんが埋めてくれます。

両親がいないからとか、義理の兄であるとか、そんなことは関係ありません。

家族の形なんて全部違うのです、あなたたちと同じような親子ではありませんが……ぼくはそれでも、桜月ちゃんを愛おしんで一緒に過ごしていきたいのです。

だから、桜月ちゃんを返してください」

藤木の額《ひたい》にぎゅう、と深いしわが寄った。わからない人ね。

如実に表情に出た。自分を否定されることが嫌いな人種なのだ。彼女が正しいと思ったことが正しい。そうして今までやってきたに違いない。

蒼史の表情がどんどん冷徹に研《と》ぎ澄まされていく。

早く中に戻ろう。教授からの連絡を待つのだ、これ以上はだめだ。なぜだかわからないけれど、だめだ。

直哉の焦燥に気づかないまま、藤木が最後の引き金を引いた。

「返せません。今のあなたは――家族としてふさわしくないわ」

すとん、と音が聞こえたような気さえした。

蒼史の顔からとうとうすべての表情が抜け落ちた。柔らかな蜂蜜のような微笑みも、焦燥の表情も、何もかもが消え失せる。底の見えない深淵《しんえん》の瞳は目の前の直哉も見ていない。

まるで『お人形』のようだった。高峰が言っていたのは、これか――。

鳥肌が立つほど美しい人形――造形が整っている分そら恐ろしい。

はた、はた、と床に水滴がこぼれる音がする。

「……あ……」

後ろの女性たちから、ため息のような声が漏れた。

人形のほの暗い両目から、静かに涙がこぼれている。

空間が切り取られて、そこだけ世界が変わる。

芸術品のようだった。

「おい、蒼史さん、蒼史さん！」

こんなに感情の伴わない涙を初めて見た。人形の目からただ水が落ちているような、無機質な色。薄く開いた唇は色をなくしている。

「ちょっと、降織さん？」

さすがに様子がおかしいと慌てたのか、藤木がその肩に触れようとした瞬間。

蒼史は背を向けて階段を駆け上がっていってしまった。

「何なの、挨拶《あいさつ》もなしに……失礼な方」

「失礼なのはどっちだよ。夜中に乗り込んできてあることないこと。もういい、とにかく帰ってくれ。色々あってあのひと疲れてるんだ」

藤木たちを玄関ホールから押し戻そうとした時だった。

かつ、と靴の音がして、たった今駆け上がっていった蒼史が、そこに立っていた。

「すみません、少し取り乱してしまいました」

「蒼史さん、大丈夫……か……」

「大丈夫ですよ、栄田くん。みなさんも失礼いたしました」

温和な笑みを浮かべた蒼史がそこにいた。

「この件については、ぼくの後見人に一任しております。学校の先生方にもぼくと桜月ちゃんのことはきちんと説明しておりますし、今回の怪我の件については医師の診断書も出るでしょう。

これ以上、ぼくとあなた方がお話しすることはありません。家族の考え方について、ずいぶん異なるようですから」

妙に理路整然としていて、先ほどまでの蒼史とは全く違うように見える。微笑みはそのままなのに、違和感だけが付きまとって離れない。

——誰だ。

階段を下りて、直哉の横に立つこのひとはいったい、誰だ。

鳥肌が止まらない。背筋を駆け抜ける悪寒も。頭で理解するより先に直感が働いた。

冗談だろ、何だこれは。


隣で笑うこのひとは、蒼史ではない。


藤木も打って変わって慇懃《いんぎん》な物言いをする蒼史に、幾分戸惑いを覚えたようだった。

「本当の家族を知らない人に、親とは何たるかを語られたくはありませんわ」

「あなたと家族の定義について議論するつもりはありません。ぼくと桜月ちゃんをそっとしておいてください……ぼくらを、巻き込むな」

静かな調子であるのに、恫喝《どうかつ》のようだった。

水を打ったように静まり返る玄関ホールに、明るく聞こえるほどの、着信音が鳴った。

蒼史がポケットからスマートフォンを抜いた。

「——はい」

電話の向こうからくぐもった高峰の声が聞こえた。

取り急ぎ、と前置きをして、高峰は告げた。

桜月ちゃんは取り返した——もう心配ないぞ。

その時の蒼史の、目の前を睥睨《へいげい》する氷のまなざしを直哉はきっと忘れることはない。美しい分、ひどく研ぎ澄まされた刃物のようだった。

「どちらが正しいか、答えは出たようですよ」

そうして、その刃で容赦なく切り裂いたのだった。

※

直哉と蒼史は——蒼史の見た目をしたそのひとは、玄関ホールで向き合った。

藤木たちは何か一言二言告げて足早に帰っていったが、もはや耳にも入らなかった。

そのひとは何も言わない。ただ、手の中でスマートフォンを手持ち無沙汰《ぶさた》に転がしているだけだった。

蒼史らしい穏やかな表情は抜け落ちている。額には少ししわが寄って、瞳は眇《すが》められていた。

人を拒絶する気配だった。

「……桜月は、今日は井津先生のところに泊まるそうだ。車の中で寝たから、そのまま連れて帰るらしい。もともと担任はこちらの事情も把握してくれていたんだが、あの藤木って女と、その知り合いだっていう相談所の職員に押し切られたんだそうだ」

「そう、か」

ざまあみろと思うが桜月のことはほっとした。だが、心中はそれどころではない。

「お前も帰れ、オリオン。どうせ蒼史は朝まで起きない」

ああ、やっぱりそうか。

直哉を、その名で呼ぶのは一人しかいない。

――違和感を一つ思い出した。

その姿を見た雨の日、傘をさしたそのひとは、書庫の窓から見ていた直哉に背を向けていた。外から来たのなら、その傘は門から続く小道から芝生を横切るはずだ。

最初から、そいつは邸《やしき》の中にいたのだ。玄関を出て傘をさして庭を抜けた。だから直哉から背が見えた。

鳴坂《なるさか》が見た雨の公園の蒼史もそうだ。兄弟かと問うたおれに井津は言葉をためらった。

家族だ。たしかそう言った。

そいつはいつも蒼史の傍にいたのだ。

誰にも気づかれずにひっそりと。

「――あんたが、コガネか」

蒼史の顔をしたそいつは、ゆっくりとうなずいた。

※

降織蒼史の中には、別のもう一人がいた。

医者の言うところによると、解離性同一性障害なのだそうだ。

その時一番必要になる性格を持つ人格が形成される。

十二歳のある日、施設の職員に付き添われた病院でそう言われた時、コガネは納得し、自分の存在する意義を知った。

――そうか、あの時、蒼史はさみしかったのだ。

コガネが最初に蒼史の中に意識を持ったのは、六歳の時だ。築四十二年の古いアパートのベランダで、凍りつくような冬の寒さの中だった。

蒼史は薄いトレーナー一枚で空を見上げていた。空気の澄んだ冬の空には星がまばらに輝いていて、それがコガネの見た初めての空だった。

「――きれいだねえ」

「……そうだな。きれいだな」

蒼史とコガネはベランダで一人、互いに意識を少しずつずらしながら会話した。そのころ、コガネにはまだ名前はなくて、蒼史からは「君」とずっと呼ばれていた。

蒼史の親は蒼史を愛せなかった。拒絶し、いないもののように扱った。見えないところを殴られて、食事もろくにもらえないまま学校にも通っていなかった。蒼史の居場所は、夏も冬もベランダだった。

蒼史の感情が溢れてとうとう耐えられなくなった時、コガネは呼ばれた。親に殴られる痛みに耐える「おれ」でもなく、泣いてわめいて深層を吐露《とろ》する「おれ」でもなく。

蒼史は、ベランダで一緒に星を見上げて話をする「おれ」を選んだ。何より寂しかったんだろうと医者は言った。

十二歳の時に親が死んだ。

糸が切れたように蒼史は眠った。そこから二年間蒼史はずっと眠り続けて、コガネは蒼史の代わりに表にいた。病院で蒼史の病気のことを知り、自分の存在のことを知った。

十四歳の時に目覚めた時には、蒼史は何もかも忘れていた。親のことも自分のことも、コガネのことも何もかも。

蒼史の記憶は十四歳の春、施設で目を丸くした職員に見つめられていたところから始まった。

施設の職員たちは、蒼史に病気のこともコガネのことも知らせないことに決めたそうだ。よかった。コガネは、蒼史の中でうっすらとそう思ったことを覚えている。

忘れた方がいいこともある。蒼史にとって、これまでの記憶はつらいばかりだ。何もかも忘れて新しい人生を歩むのだ。

そこにおれはいらない。

だが、蒼史は不安定だった。当然だ。十四歳で目覚め、真っさらで記憶のない孤児《こじ》を、年頃の中高生たちがどう扱うかは少し考えれば簡単にわかる。

蒼史は誰とも話せなかった。一人で星を見上げるさみしさが蒼史の中で溢れた時だけ、コガネは表に出た。

降織教授と出会い大学へ進学した蒼史は、星を通じて誰かとつながることを知った。

コガネが呼ばれることはなくなり、蒼史が眠っている時にだけうっすらと目覚めてまた眠る。しばらくそんな生活を繰り返した。そのころのコガネの存在は希薄だった。

満たされていた。幸せだったのだと思う。

うとうとと蒼史の意識の中で揺蕩《たゆた》っている時、蒼史が誰かと笑い、空を見上げ、知識を得ていくのを感じるのが好きだった。

けれど温かな蒼史の心に包まれながら、その意識に還《かえ》ることだけは許されなかった。

蒼史の失われた十四歳までの記憶を、コガネが持っていたからだ。

蒼史に還ればその記憶も還るだろう。これはあいつにいらないものだ、今の幸せな蒼史には必要がない。一生コガネが抱えて眠るのだ。

初めて共に星を見た記憶も、泣いていた蒼史を慰めた記憶も、図書館で星の図鑑を見て、夜に二人であれこれ観察した記憶、テレビを盗み見て、天体ドキュメントに目を輝かせた記憶。

さみしい、と蒼史が泣いた記憶。大丈夫だ、ずっとおれが一緒にいると言った。

コガネ、と初めて呼んでくれた記憶――。

全部蒼史には必要ない。だからおれが大事に抱えて眠るのだ。

世界でおれを知っていたのは蒼史だけだった。もう誰にも見つけられないまま、蒼史の中で――いい、蒼史が幸せならそれでいい。それが「おれ」だ。

大人になって幸せになった蒼史はもう、コガネには語りかけない。その中に還ることもできない。この世界中でただ一人――ああ……

さみしい。

凍えるような孤独をじっと抱えて蒼史の中でうずくまっていたコガネは、ある日突然、再び表にはじき出された。蒼史は溢れた感情に溺《おぼ》れるように内側に沈み、コガネは何年かぶりに、蒼史の口で蒼史の言葉を吐いた。

なぜ呼ばれたのかは、わかっていた。

「――ぼくと降織教授は本当の家族です」

蒼史の引き金を誰かが引くたびに、奥深くに眠っていたコガネは表に出た。蒼史のふりをして、降織教授と家族なのだと言い続けた。

これ以上、こいつを傷つけるな。

無遠慮に踏み込むな。

だが、感情の澱《おり》に蒼史が沈むとわかっていても、心の奥で満たされる欲求を無視できなくなっていた。

呼ばれるたびに、わずかにそれがうずくのだ。

よかった。

おれはまだ蒼史に必要とされている。

蒼史の周囲が落ち着いて、コガネはまた蒼史の内でまどろむようになった。だが、一度自覚したものを無視するのは難しい。

さみしい。さみしい——さみしい。

自分の思いに揺り動かされるように、雨の夜、蒼史が深く眠った瞬間に表に浮かび上がった。戸惑ったまま階下に降りると、蒼史の養い親である降織教授がいた。

「——君は誰かね」

蒼史のはずの顔を見て、降織教授は驚くこともなくそう問うた。

「……コガネ」

「ああ、では、君が蒼史をずっと守っていてくれた子だね」

今から思えば、施設から引き取る時に職員から聞いていたのだろう。蒼史の病気のことも、十二歳から十四歳までは「コガネ」だったことも。もしかすると、時折表に出ていたことも。

降織教授は、片手で銀色の鍵をこちらに差し出した。

「はじめましてコガネ。ところで……君は星が好きかね?」

心が震えるほどうれしかった。

このひとの言葉がほかならぬ自分に向けられている。

そのひとは世界で二番目に、コガネを見つけてくれたひとだった。

※

「――手紙を交換しようと言い出したのは、降織教授だ。おれは星の観察が好きな蒼史が、深く眠る雨の夜しか出てこない。だから、その時手紙を書いてポストに入れておいてくれ。そういう始まりだった」

観測塔へ上がりたいと言ったのはコガネだ。いつも蒼史が座っているらしいクッションに身を預けて、目の前で立ち尽くしている少年を見上げる。顔にオリオン座を持ったそいつが、手紙で聞いた蒼史の弟子だ。

つりあがった両目に、オリオンの火傷の痕、蒼史よりずっと高い身長と厚い胸板は、男としては恵まれた体格だろう。だが、ことこのオリオンについて言うなら、子どもなら逃げ出しそうな迫力だった。

けれど存外涙もろいらしい。

目を真っ赤に充血させて、ぐす、と鼻をすすっていた。帰れ、と言ったコガネを引き留めたのもオリオンだ。

あんたの話を聞きたい、とオリオンは言った。

「……最初はたわいない近況の繰り返しだった。近況といってもおれはほとんど蒼史の中で寝ているから、その日見た雨のことだとか、カエルが鳴いていたとか、そういうことばっかりだった」

読んだ手紙はしっかり覚えて捨ててしまう。送った手紙が邸の中で見つかることは避けたかった。蒼史に気づかれてしまう。封筒と便箋《びんせん》は、教授が用意してくれていたものを使った。

「しばらくすると夜中に本を読むようになった。降織教授が薦めてくれた星の本を読んで、星の話をするようになった。

そうしたらある日、教授の手紙に小さく添え書きがしてあったんだ」

一字一句思い出すことができる。きっと教授の心遣いだった。

蒼史の字で、二行と半分。

——はじめまして、コガネ。ぼくは蒼史です。教授から、あなたがとても星が好きな人だと聞きました。ぼくとも時々、星の話をしませんか……？

「蒼史が、おれに話しかけてくれたんだ。うれしかった。……すごく、うれしかった」

とうとうオリオンの目からぼろりと涙がこぼれた。くそ、と小さく毒づく声が聞こえる。

「……桜月ちゃんは、あんたのこと知ってるんだよな」

「ああ。教授が話した。桜月は賢い子だから、難しい話だったけれど全部理解して飲み込んでくれた」

「……蒼史さんに、言うつもりはないのか？」

コガネは首を横に振った。

「十四歳までの記憶は蒼史にはいらない」

これはコガネの存在意義だ。寂しかったころの蒼史の記憶を思い出させるわけにはいかない。そのためにコガネはいる。

このオリオンは顔に似合わず情にもろく、熱いやつだということは蒼史から聞いていた。蒼史のために泣いてくれている。いい弟子を持った。

「教授が亡くなって、おれと蒼史は手紙を交わすようになった。蒼史はおれのことを友人だと言ってくれる。星の話をして、おれの話を少し聞いてくれる。蒼史のために、こうやって泣いてくれる弟子もいて、賢い妹もいる。蒼史は幸せだ。

だからおれも幸せなんだ」

「だけど、それじゃああんたが、ずっと晴れた星空が見られない」

泣いてねえし、と説得力に欠けるその顔で、オリオンが言う。

「あんたも星が好きなのに、雨の日ばっかり起きて星空が見られないままだ。おれは蒼史さんに、星空の下が居場所だって言ってもらったんだ。なのにあんたがそんな……そんなことがあるかよ！

……あんたはずっと一人じゃないか」

コガネは知らず笑みを浮かべていた。なんだこいつ、蒼史じゃなくて、おれのために泣いてくれていたのか。

「蒼史が、代わりに写真をくれる。途中で雨が上がれば、時々星を見上げることもできる。なあオリオン、おれは今幸せなんだ。おれの居場所は星空の下じゃない。蒼史のくれる手紙の中だ」

時折手紙を交換する。その中に蒼史が自分を認めてくれる。それだけでよかった。それだけでコガネは満たされる。

「蒼史がおれを知ってくれている。それでいい」

それでいいんだ……。

※

その夜、一晩かけて直哉は、ドームで夜空を見上げながらコガネと星の話をした。

コガネは、起きている時は手紙を書く以外はほとんど本を読んで過ごしているらしい。蒼史と同じように、色々な星のことを知っていた。

幸せだとコガネは言ったけれど、晴れた満天の星空を見上げるその目はやっぱり輝いているように見えた。星を見る時のコガネの目は蒼史と同じで、好奇心と感嘆に満ち溢れている。

「おいオリオン、見てみろよ」

コガネが、はくちょう座のくちばしを指さした。

「あの星、知ってるか」

「……アルビレオ」

「蒼史とおれが初めて図鑑で調べた星なんだ。青と、金色の二重連星。蒼史が『ぼくたちみたいだ』と言ったから――おれは黄金《コガネ》になった。おれはあの星が、一番好きだ」

心臓をつかまれて揺さぶられたみたいだった。

蒼史が、何かこみ上げる衝動があるから落ちつかないと言ったあの星だ。コガネの記憶は確かに蒼史の中にあって、アルビレオがそれを揺さぶっている。

「蒼史さんが、胸が苦しくなるって。懐かしくて心安らぐのに、つらいんだって言ってた」

「……そうか」

コガネとの記憶は、蒼史のつらかった両親との記憶とセットなのだ。どちらかを都合よく選ぶことはできない。

「いつか蒼史さんが、その記憶を受け入れられるようになったら、あんたも蒼史さんの中に還れるのか？」

二人で一緒に晴れた空を見上げることができるのだろうか。

哀《かな》しげに笑ったコガネの顔が眠っているはずの蒼史に見えて、胸がふさがれるような思いだった。

※

早朝。いつの間にか観測塔のクッションで眠り込んでいた直哉は、目が覚めるなり真横で同じようにクッションで眠り込んでいたコガネの姿を見つけた。開けっ放しのドームからは朝日が差し込んでいる。

「――……コガネ？」

うっすらと開いた瞳が不安定に揺れて、やがて目をこすりながらそのひとは腰をあげる。

「……ぼくは、昨日観測塔に上がりました……っけ？」

こと、と首をかしげたそのひとは、蒼史だった。

「おや、おはようございます。栄田くん。昨日は観測塔で夜明かししたのでしたか？」

「おはよう、蒼史さん……。ＰＴＡの人が来たのは覚えてるか？」

「ええ。そのあたりからずいぶん眠たくてあいまいだったのですが。――……桜月ちゃんは⁉　桜月ちゃんは戻ってきましたか⁉」

「大丈夫。教授先生がちゃんと取り戻した。今日、帰ってくるよ」

そわそわと落ち着かない蒼史をなだめてその口に朝食を突っ込んだあたりで、高峰から連絡が入った。庭に出ると、井津教授の車で送り届けられた桜月がこちらへ走ってくるところだった。

「桜月ちゃん！」

折れた腕も関係なく、桜月は蒼史の胸に飛び込んだ。

腹に顔をぐりぐり押しつけて、折れていない方の右手でぎゅう、と蒼史のシャツを握りしめる。

「そう、そうしくん……っ、うえ……かえれないかと、おもったあぁああ……」

「桜月ちゃん……！　よかった、帰ってきてくれて本当に、よかった」

ぼろぼろと泣いて縋《すが》る桜月をしっかりと抱きしめた蒼史は、感動しているようだったけれど涙をこぼすことはなかった。

蒼史とコガネが切り替わるきっかけは、蒼史の感情が溢れた瞬間なのだろう。許容しきれなくなった分を、コガネが引き受けるのだ。

「弟子」

指先で呼ばれて、直哉は井津教授の車いすの前に膝をついた。高峰が何かを察したか、すっと場を外す。

「昨日電話に出たのはコガネだな。お前、コガネに会ったのか」

「……はい。話もしました」

「そうか。降織から聞いてはいたが……。わしも、会ったことはないんだ」

井津が大きく息をついて、車いすの背もたれにぐったりと身を預けた。

「どうするか。蒼史が……正確には蒼史がコガネだった期間にかかっていた医者に連れていくか」

直哉はしばらく考え込んで、やがてゆっくり首を横に振った。

「おれは、いらないと思います。蒼史さんは気づいていませんし、コガネもこのままの穏やかな関係を望んでいます」

雨の日、蒼史が深く眠る夜だけの穏やかな関係。蒼史の手紙を読み返事を書いて、星の本を読んで過ごすだけの小さな関係だ。

「先代は、蒼史もコガネも自分の息子だとよく自慢しておったよ。息子が二人できたと喜んでおった。弟子、お前が気にかけてやれ」

「おれも……師匠が一人増えて、うれしいっすから」

井津と視線を交わしあって、どちらともなく笑った。しばらく雨の予報はない。コガネはまた、蒼史の中で眠るのだろう。

※

その夕方、一度家に帰った直哉が再び天文館に戻ったあと、藤木悠斗が一人でやってきた。邸の一階で悠斗を迎えた桜月は容赦がなかった。蒼史の腕をしっかり握りしめながら、頬を膨らませてにらみつける。

「藤木くんなんか、大っ嫌い」

「こら、桜月ちゃん」

後ろに隠れてしまった桜月をなだめてから、蒼史はいつもの蜂蜜の笑みを浮かべて、悠斗の前にそっとしゃがんだ。

「君は桜月ちゃんを守ろうとしてくれたんですね」

「べつに、そういうんじゃねえし……」

「桜月ちゃんがぼくにいじめられていると思って、何とかしなくちゃ、と思ってくれたんでしょう？」

「うるせえ」

悠斗は両こぶしを握りながらうつむいてしまった。怒りさめやらぬといった桜月が、べえ、と舌を出している。どうもこの子の前で彼女は普通の小学生に戻ってしまうみたいで、案外脈ありなんじゃないかと直哉なんかは思うのだけれど。

「ありがとうございます。これからも桜月ちゃんをよろしくお願いします」

「ちょっと蒼史くん！」

桜月の抗議の声を遮って、蒼史は悠斗の頭を二度、小さく撫でた。

「……今回は、ごめんなさい」

むすり、とした顔のまま悠斗は何とかそれだけを絞り出した。

直哉は悠斗を門まで送りに出た。悠斗の片頬が薄く腫《は》れている。母親に叩かれでもしたのだろう。謝ってこいと放り出されたのかと思ったら、自分で来たと言った。

「昨日、保健室で降織がめちゃくちゃ泣いてて、ずっとあのひとの名前を呼んでて……間違ったかもって思ったから、来た。母さんがあのひとにひどいこと言ったって聞いたから、それも一緒に、謝ろうと思った。悪いことをしたら、謝るんだ」

直哉は何度か瞠目《どうもく》して、やがて破顔した。悪いことをしたら謝る。それが素直にできる人間がどれぐらいいるんだろう。

「お前、すっげえ男前だな。将来いい男になるわ」

「将来じゃなくて、今がいいんだけど」

ぶすりと鼻を鳴らす。キャップのつばを持って深くかぶりなおした。

「降織に、嫌われた……」

「桜月ちゃんは賢い子だから、お前に悪気があったとは思ってねえよ」

ぽすぽすとキャップの上から頭を叩いてやる。

「気が向いたらここに遊びに来い。蒼史さんに星のことを習うといい。桜月ちゃんもいるしな。いいタイミングで来たら、桜月ちゃんの作った飯も食えるかもしれんぞ」

「降織のごはん、か」

ちょっと顔を上げてつぶやいた悠斗に、直哉はまた笑った。男というものは、いくつでも好きな女の子の手料理には弱いみたいだ。

門から駆けていく悠斗を見送りながら、桜月の機嫌を損ねない程度にこいつを応援してやろうと思っていた。こいつの競争相手は、あの顔面なのだ、サポーターが一人ぐらいついてやっても文句は出ないだろう。

※

蒼史とコガネの関係は相変わらずだった。

次の雨の日の手紙で蒼史は今回のことを少し書いたし、コガネからも桜月が戻ってきてよかった、というような返事があったらしい。

桜月にはコガネに会った、と一言だけ伝えた。桜月からも一つ二つ話を聞いた。

死んだ祖父から封筒と便箋だけは買ってやれと言われたこと。桜月の方はあまりコガネが得意ではないようで、会ったのは二度。その二度目が、あの雨の日だったそうだ。

桜月とはそれ以来コガネの話はしていない。暗黙の了解のようになった。

直哉といえば、雨の日も天文館に泊まり込むようになった。桜月ももう止めなかった。

蒼史が寝てしまった深夜、書庫で勉強していると階下に降りてくる足音が聞こえる。コガネがポストに手紙を取りに行く音だ。

書庫で手紙の返事を書いている間、直哉はコーヒーを入れたり夜食を作ってやったりする。その後、自分もそこで本を読むのだ。

一晩に少しだけ話をする。

ほとんどが星の話だ。コガネは直哉が見た星の話を聞きたがったし、うらやましそうに雨の夜空を見上げている時もあった。

何回目かの秋の夜、直哉はコガネが名残惜しそうに処分しようとする手紙を指して言った。

「手紙、預かろうか」

「おれの家なら蒼史さんは見つけられない。あんたが読みたい時に持ってくるよ」

「……いいのか？」

自分の存在した証《あかし》を一つも残そうとしないコガネに、やるせなくなったのかもしれない。

その日から自分の部屋にコガネ用の小さな箱を作った。そこに蒼史からの手紙や写真を入れている。

時折何枚か持っていくと、コガネはうれしそうにそれを読み返していた。

蒼史がいつか——アルビレオを見ることができるようになったら。コガネが蒼史に還る日が来たら、まとめて蒼史に渡そう。

また二人で夜空を見上げることのできるその日まで、直哉が大切に預かっておくのだ。

※

三月の始め。

一年前のことを思い出しながら、直哉はその場所に立っていた。昴泉大学の合格発表の日である。

高卒認定試験をクリアした直哉は、昴泉大学に出願した。滑《すべ》り止めは受けなかった。

自己採点では数学、物理、英語は余裕だが、国語と社会に不安が残る。

受験当日から今日まで、一番そわそわうるさかったのは蒼史だった。

「大丈夫ですよ栄田くん、一年しっかり勉強しましたし、君なら絶対大丈夫ですから」

そう言いながら、プラネタリウムの投影機の操作を間違えたり、望遠鏡に全然星をいれられなかったりと、何もかもがおぼついていなかった。

しまいには一番緊張しているはずの直哉が、思わず落ち着けよと言ってしまうぐらいだった。

白い幕がはがされて、合格者の受験番号が春の空の下にさらされる。

一年前には、ここに立っていることなんて思い描けなかった。

千九百二番。

自分の番号を見つけて、直哉はほっと息をついた。これであのひとにまた近づくことができる。

スマートフォンを引っ張り出して、親に一本メールを入れたあとで、慣れた電話番号につなぐ。

「――栄田くんっ⁉」

半コールでつながったところをみると、スマートフォンの前で待機していたのだろう。

「受かった」

「……そ、うですか……よかった」

おめでとうもなかったあたり、よほどほっとして放心したのだろう。

「栄田くんなら大丈夫だと思っていました」

「よく言うよ。二週間近くひどいもんだったのにな」

「師匠が弟子の心配をするのは当然です。それより、今日はどうしますか？　合格祝いの準備も整っています！」

ああ、それ言っちゃだめ、と桜月の声が後ろから聞こえた。サプライズだったらしい。

「夜に行く」

「夕食はどうしますか？」

「……うちで食べる。母さんが、用意してくれてるから」

電話を切って、空を見上げながら家路を急いだ。

夜には天文館で、オリオン座の観測をする約束だ。

顔のオリオンに触れる。

最初に、蒼史はこのオリオンを運命だと言った。あの時は笑ってしまったけれど、今はそうなのかもしれないと思う。

この先どうなるかなんてわからないけれど、少なくとも直哉は、このオリオンのおかげでたくさん出会った。一生かけてやりたいと思うこと、尊敬しこう在《あ》りたいと思えるひと。

受験生がちらり、ちらりと直哉に視線を投げかけてくる。頭一つ抜きんでた体格にこの顔だ、物珍しいに決まっている。そこには同情も嫌悪も好奇心も、直哉が嫌いだったものが全部あった。

背を丸めて歩いたことも、周りをにらみつけながら無理やり胸を張ったことも何度もあった。全部を諦《あきら》めてため息交じりだったことも。

今は違う。

指先でオリオンに触れながら、直哉は合格者の書類をもらって、周りの視線に向けて自信ありげに笑ってみせた。

いいだろう。

おれの顔には、英雄がいる。

星空の下で生きていきたいと決めた日から、このオリオンはおれの誇りになったのだ。

※この作品はフィクションです。実在の人物・団体・事件などにはいっさい関係ありません。

集英社オレンジ文庫をお買い上げいただき、ありがとうございます。
ご意見・ご感想をお待ちしております。

● あて先
〒101-8050 東京都千代田区一ツ橋2-5-10
集英社オレンジ文庫編集部 気付
相川 真先生

君と星の話をしよう

降織天文館とオリオン座の少年

集英社
オレンジ文庫

2017年3月22日 第1刷発行

著 者 相川 真
発行者 北畠輝幸
発行所 株式会社集英社
〒101-8050東京都千代田区一ツ橋2-5-10
電話 【編集部】03-3230-6352
【読者係】03-3230-6080
【販売部】03-3230-6393（書店専用）
印刷所 大日本印刷株式会社

※定価はカバーに表示してあります

ISBN 978-4-08-680124-9 C0193

集英社オレンジ文庫

岩本 薫

中目黒リバーエッジハウス

ワケありだらけのシェアオフィス はじまりの春

クリエイター業に限界を感じた哲太は、
憧れの同業者を訪ね中目黒の
シェアオフィスに辿り着いた。
そこでなぜか同世代のクリエイター達と
カフェをプロデュースすることに…？

集英社オレンジ文庫

辻村七子

宝石商リチャード氏の謎鑑定

シリーズ

①宝石商リチャード氏の謎鑑定

大学生の正義のアルバイト先は、宝石商のリチャードが
店主をつとめる銀座の宝石店。今日も店には
秘めた悩みや厄介ごとを抱えたお客様がやってくる。

②エメラルドは踊る

死んだバレリーナの呪いで怪現象が起きるという
エメラルドのネックレスが店に持ち込まれた。
美貌の宝石商リチャードの鑑定結果やいかに…？

③天使のアクアマリン

競売にかけられた翡翠をめぐるオークションで、
リチャードの“過去”を知る人物と遭遇した正義。
謎に包まれたリチャードの素性が明かされる！？

④導きのラピスラズリ

店を閉め姿を消したリチャードを追い、正義は英国へ。
だが旅の途中、リチャードの親族と名乗る男が接触を
はかってきて…。リチャードを苦しめる過去の因縁とは？

好評発売中

【電子書籍版も配信中　詳しくはこちら→http://ebooks.shueisha.co.jp/orange/】

集英社オレンジ文庫

ひずき優

原作／やまもり三香

映画ノベライズ

ひるなかの流星

上京初日、迷子になったところを
助けてくれた獅子尾に恋をしたすずめ。
後に彼が転校先の担任だとわかって…？
さらに、人気者の同級生・馬村から
告白され、すずめの新生活と恋の行方は…。